—————— 阅读之前 没有真相

午 夜 文 库 —————————

阿加莎·克里斯蒂

赫尔克里·波洛系列

阿加莎·克里斯蒂
Agatha Christie (1890—1976)

无可争议的侦探小说女王，侦探文学史上最伟大的作家之一。

阿加莎·克里斯蒂原名为阿加莎·玛丽·克拉丽莎·米勒，一八九〇年九月十五日生于英国德文郡托基的阿什菲尔德宅邸。她几乎没有接受过正规的教育，但酷爱阅读，尤其痴迷于歇洛克·福尔摩斯的故事。

第一次世界大战期间，阿加莎·克里斯蒂成了一名志愿者。战争结束后，她创作了自己的第一部侦探小说《斯泰尔斯庄园奇案》。几经周折，作品于一九二〇年正式出版，由此开启了克里斯蒂辉煌的创作生涯。一九二六年，《罗杰疑案》由哈珀柯林斯出版公司出版。这部作品一举奠定了阿加莎·克里斯蒂在侦探文学领域不可撼动的地位。之后，她又陆续出版了《东方快车谋杀案》《ABC谋杀案》《尼罗河上的惨案》《无人生还》《阳光下的罪恶》等脍炙人口的作品。时至今日，这些作品依然是世界侦探文学宝库里最宝贵的财富。根据她的小说改编而成的舞台剧《捕鼠器》，已经成为世界上公演场次最多的剧目；而在影视改编方面，《东方快车谋杀案》为英格丽·褒曼斩获奥斯卡大奖，《尼罗河上的惨案》更是成为几代人心目中的经典。

　　阿加莎·克里斯蒂的创作生涯持续了五十余年，总共创作了八十余部侦探小说。她的作品畅销全世界一百多个国家和地区，累计销量已经突破二十亿册。她创造的小胡子侦探波洛和老处女侦探马普尔小姐为读者津津乐道。阿加莎·克里斯蒂是柯南·道尔之后最伟大的侦探小说作家，是侦探文学黄金时代的开创者和集大成者。一九七一年，英国女王授予克里斯蒂爵士称号，以表彰其不朽的贡献。

　　一九七六年一月十二日，阿加莎·克里斯蒂逝世于英国牛津郡沃灵福德家中，被安葬于牛津郡的圣玛丽教堂墓园，享年八十五岁。

阿加莎·克里斯蒂 侦探作品年表

波洛系列

1920　The Mysterious Affair at Styles《斯泰尔斯庄园奇案》

1923　Murder on the Links《高尔夫球场命案》

1924　Poirot Investigates《首相绑架案》

1926　The Murder of Roger Ackroyd《罗杰疑案》

1927　The Big Four《四魔头》

1928　The Mystery of the Blue Train《蓝色列车之谜》

1932　Peril at End House《悬崖山庄奇案》

1933　Lord Edgware Dies《人性记录》

1934　Murder on the Orient Express《东方快车谋杀案》

1935　Three—Act Tragedy《三幕悲剧》

1935　Death in the Clouds《云中命案》

1936　The ABC Murders《ABC谋杀案》

1936　Murder in Mesopotamia《古墓之谜》

1936　Cards on the Table《底牌》

1937　Dumb Witness《沉默的证人》

1937　Death on the Nile《尼罗河上的惨案》

1937　Murder in the Mews《幽巷谋杀案》

1938　Appointment with Death《死亡约会》

1938　Hercule Poirot´s Christmas《波洛圣诞探案记》

1940　Sad Cypress《H庄园的午餐》

1940　One, Two, Buckle My Shoe《牙医谋杀案》

1941　Evil Under the Sun《阳光下的罪恶》

1943　Five Little Pigs《五只小猪》

1946　The Hollow《空幻之屋》

1947　The Labours of Hercules《赫尔克里·波洛的丰功伟绩》

1948　Taken at the Flood《顺水推舟》

1952　Mrs. McGinty´s Dead《清洁女工之死》

1953　After the Funeral《葬礼之后》

1955　Hickory Dickory Dock《山核桃大街谋杀案》

1956　Dead Man´s Folly《弄假成真》

1959　Cat Among the Pigeons《鸽群中的猫》

1960　The Adventure of the Christmas Pudding《雪地上的女尸》

1963 The Clocks 《怪钟疑案》

1966 Third Girl 《第三个女郎》

1969 Hallowe´en Party 《万圣节前夜的谋杀》

1972 Elephants Can Remember 《大象的证词》

1974 Poirot´s Early Stories 《蒙面女人》

1975 Curtain—Poirot´s Last Case 《帷幕》

马普尔小姐系列

1930 The Murder at the Vicarage 《寓所谜案》

1932 The Thirteen Problems 《死亡草》

1942 The Body in the Library 《藏书室女尸之谜》

1943 The Moving Finger 《魔手》

1950 A Murder Is Announced 《谋杀启事》

1952 They Do It with Mirrors 《借镜杀人》

1953 A Pocket Full of Rye 《黑麦奇案》

1957 4.50 from Paddington 《命案目睹记》

1962 The Mirror Crack´d from Side to side 《破镜谋杀案》

1964 A Caribbean Mystery 《加勒比海之谜》

1965 At Bertram´s Hotel 《伯特伦旅馆》

1971 Nemesis 《复仇女神》

1976 Sleeping Murder 《沉睡谋杀案》

1979 Miss Marple´s Final Cases 《马普尔小姐最后的案件》

其他系列及非系列

1922 The Secret Adversary 《暗藏杀机》

1924 The Man in the Brown Suit 《褐衣男子》

1925 The Secret of Chimneys 《烟囱别墅之谜》

1929 Partners in Crime 《犯罪团伙》

1929 The Seven Dials Mystery 《七面钟之谜》

1930 The Mysterious Mr. Quin 《神秘的奎因先生》

1931 The Sittaford Mystery 《斯塔福特疑案》

1933 The Witness for the Prosecution and Other Stories 《控
方证人》

1934 Why Didn´t They Ask Evans? 《悬崖上的谋杀》

出版前言

纵观世界侦探文学一百七十余年的历史,如果说有谁已经超脱了这一类型文学的类型化束缚,恐怕我们只能想起两个名字——一个是虚构的人物歇洛克·福尔摩斯,而另一个便是真实的作家阿加莎·克里斯蒂。

阿加莎·克里斯蒂以她个人独特的魅力创造着侦探文学史上无数的传奇:她的创作生涯长达五十余年,一生撰写了八十余部侦探小说;她开创了侦探小说史上最著名的"黄金时代";她让阅读从贵族走入家庭,渗透到每个人的生活中;她的作品被翻译成一百多种文字,畅销全球一百五十余个国家,作品销量与《圣经》《莎士比亚戏剧集》同列世界畅销书前三名;她的《罗杰疑案》《无人生还》《东方快车谋杀案》《尼罗河上的惨案》都是侦探小说史上的经典;她是侦探小说女王,因在侦探小说领域的独特贡献而被册封为爵士,她是侦探小说的符号和象征。她本身就是传奇。沏一杯红茶,配一张躺椅,在暖暖的阳光下读阿加莎的小说是一种生活方式,是惬意的享受,也是一种态度。

午夜文库成立之初就试图引进阿加莎的作品,但几次都与版权擦肩而过。随着午夜文库的专业化和影响力日益增强,阿加莎·克里斯蒂的版权继承人和哈珀柯林斯出版公司主动要求将版权独家授予新星出版社，并将阿加莎系列侦探小说并入午夜文库。这是对我们长期以来执着于侦探小说出版的褒奖，是对我们的信任与鼓励，更是一种压力和责任。

新版阿加莎·克里斯蒂作品由专业的侦探小说翻译家以最权威的英文版本为底本，全新翻译，并加入双语作品年表和阿加莎·克里斯蒂家族独家授权的照片、手稿等资料，力求全景展现"侦探女王"的风采与魅力。使读者不仅欣赏到作家的巧妙构思、离奇桥段和睿智语言，而且能体味到浓郁的英伦风情。

阿加莎作品的出版是一项系统工程，规模庞大，我们将努力使之臻于完美。或存在疏漏之处，欢迎方家指正。

新星出版社
午夜文库编辑部

Agatha Christie

Over the next few years, we plan to celebrate two very important Agatha Christie anniversaries. In 2015, it is the 125th anniversary of her birth in Torquay, South Devon, England, and in 2020 it will be 100 years after her first book, THE MYSTERIOUS AFFAIR AT STYLES, featuring her famous detective, Hercule Poirot, was published. This is therefore a very appropriate moment to publish a new edition of her works, and I am delighted that HarperCollins has chosen to work with New Star on these new editions. New Star is China's top crime publisher, and has a strong and dedicated editorial staff and a continued passion for Agatha Christie, making them the ideal partner. It is the right time to make these classic books available in modern translations and so to bring Agatha Christie's books anew to her many fans in China, giving them a new reason to re-read these much-loved stories, as well as introducing them to a whole new audience. How delighted Agatha Christie would have been that her stories (as she called them) are still giving so much pleasure to so many people all over the world!

I think there are two very remarkable things about Agatha Christie's stories. The first is that they are so adaptable. It doesn't really matter which language they appear in, the stories and the plots still give the same thrill, still provide the same puzzles, and the characters still have the same attraction. Readers in China will I am sure enjoy Hercule Poirot and Miss Marple just as much as we do in England, and readers in China will still be transfixed by the surprises and horrors of AND THEN THERE WERE NONE, one of the great classics of 20th century detective fiction, as we are here.

Agatha Christie

The second is that the stories give a wonderful picture of England, particularly rural England, at the time Agatha Christie lived. She wrote books from 1920 until 1970 but it is sometimes hard to tell which part of her life each book was written in. Her characters and the life they lived were very much the same. The life we all live is changing very quickly these days but "the Agatha Christie world" stays the same. Perhaps the Miss Marple stories provide the best example of this, and in some ways THE BODY IN THE LIBRARY and NEMESIS are quite similar, despite the fact that thirty years elapsed between the time they were written.

Perhaps I might end by mentioning three Agatha Christies (other than the ones mentioned above) which I think demonstrate why she is so popular, even in the twenty-first century. The first is MURDER ON THE ORIENT EXPRESS, one of the most famous with one of the most ingenious and human plots. Read this on one of your long train journeys in China! Next is A MURDER IS ANNOUNCED, a Miss Marple which was her 50th book. It has my favourite murderer in it! And last is ENDLESS NIGHT a story about evil and how it affects three young people, written at the time when I knew her best, and understood how deeply she cared and sympathised with young people and the world they lived in.

Whichever are your favourites I hope you enjoy these stories that New Star are introducing to you again. I think it is a great publishing event.

Mathew Ince
Grandson of Agatha Christie
Chairman of Agatha Christie Ltd

致中国读者

（午夜文库版阿加莎·克里斯蒂作品集序）

在未来的几年中，我们将要筹备两个非常重要的关于阿加莎·克里斯蒂的纪念日。二〇一五年是她的一百二十五岁生日——她于一八九〇年出生于英国的托基市，二〇二〇年则是她的处女作《斯泰尔斯庄园奇案》问世一百周年的日子，她笔下最著名的侦探赫尔克里·波洛就是在这本书中首次登场。因此，新星出版社为中国读者们推出全新版本的克里斯蒂作品正是恰逢其时，而且我很高兴哈珀柯林斯选择了新星来出版这一全新版本。新星出版社是中国最好的侦探小说出版机构，拥有强大而且专业的编辑团队，并且对阿加莎·克里斯蒂的作品极有热情，这使得他们成为我们最理想的合作伙伴。如今正是一个良机，可以将这些经典作品重新翻译为更现代、更权威的版本，带给她的中国书迷，让大家有理由重温这些备受喜爱的故事，同时也可以将它们介绍给新的读者。如果阿加莎·克里斯蒂知道她的小故事们（她这样称呼自己的这些作品）仍然能给世界上这么多人带来如此巨大的阅读享受，该有多么高兴啊！

我认为阿加莎·克里斯蒂的作品有两个非常重要的特征。首先它们是非常易于理解的。无论以哪种语言呈现，故事和情节都同样惊险刺激，呈现给读者的谜团都同样精彩，而书中人物的魅力也丝毫不受影响。我完全可以肯定，中国的读者能够像我们英国人一样充分享受赫尔克里·波洛和马普尔小姐带来的乐趣；中国读者也会和我们一样，读到二十世纪最伟大的侦探经典作品——比如《无人生还》——的时候，被震惊和恐惧牢牢钉在原地。

第二个特征是这些故事给我们展开了一幅英格兰的精彩画卷，特别是阿加莎·克里斯蒂那个年代的英国乡村。她的作品写于二十世纪二十年代至七十年代间，不过有时候很难说清楚每一本书是在她人生中的哪一段日子里写下的。她笔下的人物，以及他们的生活，多多少少都有些相似。如今，我们的生活瞬息万变，但"阿加莎·克里斯蒂的世界"依旧永恒。也许马普尔小姐的故事提供了最好的范例：《藏书室女尸之谜》与《复仇女神》看起来颇为相似，但实际上它们的创作年代竟然相差了三十年。

最后，我想提三本书，在我心目中（除了上面提过的几本之外）这几本最能说明克里斯蒂为什么能够一直受到大家的喜爱。首先是《东方快车谋杀案》，最著名，也是最机智巧妙、最有人性的一本。当你在中国乘火车长途旅行时，不妨拿出来读读吧！第二本是《谋杀启事》，一个马普尔小姐系列的故事，也是克里斯蒂的第五十本著作。这本书里的诡计是我个人最喜欢的。最后是《长夜》，一个关于邪恶如何影响三个年轻人生活的故事。这本书的写作时间正是我最了解她的时候。我能体会到她对年轻人以及他们生活的世界关心至深。

现在新星出版社重新将这些故事奉献给了读者。无论你最爱的是哪一本，我都希望你能感受到这份快乐。我相信这是出版界的一件盛事。

阿加莎·克里斯蒂外孙

阿加莎·克里斯蒂有限责任公司董事长

马修·普理查德

二〇一三年二月二十日

阿加莎·克里斯蒂侦探作品集 58

雪地上的女尸

The Adventure of the Christmas Pudding

Agatha Christie®

[英] 阿加莎·克里斯蒂 著

林安颖 译

新 星 出 版 社　NEW STAR PRESS

目　录

这本书可以视为一顿"厨师精选"的圣诞大餐，而我就是大厨！

这顿大餐的两道主菜是《雪地上的女尸》和《西班牙箱子之谜》，精选前菜是《格林肖的蠢物》[①]《梦境》和《弱者的愤怒》，饭后冰淇淋则是《二十四只黑画眉》。

《西班牙箱子之谜》可以算是赫尔克里·波洛特别餐。这是他最引以为傲的案子之一！而马普尔小姐在《格林肖的蠢物》中如往常一样对自己清晰的分析感到满意。

《雪地上的女尸》是我个人的珍品，因为它让我回忆起了童年时代令人愉快的圣诞节。父亲去世之后，母亲和我总是和我的姐夫一家一起在英国北部度过圣诞节——他们的圣诞节对于孩子来说是多么美好！艾本尼堡真是应有尽有！花园里有引以为傲的瀑布、小溪，车道下还有一条隧道！圣诞大餐异常丰盛。我是一个瘦小的孩子，看上去有些柔弱，但其实强壮健康并且永远感到饥饿！家族里的男孩子总和我比赛谁能在圣诞节那天吃最多的东西。把牡蛎汤和多宝鱼吃完不是什么难事，但之后上桌的是烤火鸡、煮火鸡和大量的牛腰肉。我和男孩子们一人能吃两份这三道主菜！之后，我们还会吃葡萄干布丁、肉馅饼、葡萄酒蛋糕以及各种各样的甜点。下午，我们又使劲地吃巧克力。我们并没有觉得不适，也没有真的因为这样的暴食而生病！做一个年仅十一岁且不知满足的小孩是一件多么美妙的事情！

---

①午夜文库版本的阿加莎·克里斯蒂作品全集以主人公分类，因此《格林肖的蠢物》被收录在《马普尔小姐最后的案件》中。

从早上在床上查看圣诞节长筒袜里的礼物开始，到教堂和圣歌，圣诞晚餐，礼物，以及最终的圣诞树点灯，一整天都是那么令人兴奋！

好客的女主人会为了圣诞节这一天辛勤地忙碌。我对她为我创造了这么一个到晚年仍觉得无比美好的回忆深表感谢。

因此，请让我将这本书献给在艾本尼堡的记忆——它的亲切与好客。

也祝所有读这本书的人圣诞快乐！

阿加莎·克里斯蒂

雪地上的女尸 ————

1

"我非常抱歉——"赫尔克里·波洛先生说道。

他的话被打断了。打断他的一方并非粗鲁无礼或是针锋相对，反而显得委婉巧妙且令人信服。

"请不要立刻拒绝，波洛先生。事关重大，皇室将非常感激您的合作。"

"你太抬举我了，"赫尔克里·波洛摆了摆手，"但我实在不能接受你的委托。在一年中的这个时节——"

杰斯蒙德先生再一次打断了他。"圣诞节马上就要到了，您可以在英国乡村度过一个愉快而传统的节日。"他的话语充满了说服力。

然而，赫尔克里·波洛哆嗦了一下。在这个寒冷季节，英国乡村对他没有任何吸引力。

"一个美好的传统圣诞节！"杰斯蒙德先生强调着。

"对我来说……请你理解，我不是英国人。在我自己的国家，圣诞节是小孩子的节日，新年才是我们成年人庆祝的。"赫尔克里·波洛回答道。

"但是在英国，圣诞节是一个重要的节日。而且我向您保证，您将见到金斯莱西最美好的一面。它是一栋古老迷人的别墅，其中的一翼建于十四世纪。"杰斯蒙德先生说。

赫尔克里·波洛再次哆嗦了一下。十四世纪的英国庄园别墅让他感到不安，毕竟，他经历过太多次英国乡村历史建筑的折磨。他感激地环视着自己这套舒适的现代公寓，暖气炉和最新专利发明帮他阻挡了冬日的严寒。

"在冬天，我是不会离开伦敦的。"他坚定地说。

"波洛先生，我认为您还没有完全理解这件事情的严重程度。"杰斯蒙德先生说着，看了一眼他的同伴。

波洛的另一位访客，在到访时礼貌而官方地问候了一句"您好"之后，至今都未开口说话。他坐在那儿，低着头盯着自己刷得亮锃锃的鞋子，咖啡色的脸上露出极为沮丧的神情。他是个年轻人，看上去似乎不超过二十三岁，显然正沉浸在深深的痛苦之中。

"当然、当然，"赫尔克里·波洛说，"事情很严重，我明白。我对殿下的处境感到非常遗憾。"

"殿下的处境非常敏感。"杰斯蒙德先生说。

波洛的目光从年轻人的身上移开，转向了他这位较为年长的同行者。如果要用一个词来总结杰斯蒙德先生的话，那就是谨慎。杰斯蒙德先生做什么都小心翼翼的。他穿着裁剪精良却又低调不张扬的服装，令人愉悦、教养良好的声音几乎没有提高过音调，太阳穴附近的浅棕色头发稍微有些稀疏，面色苍白而严肃。赫尔克里·波洛觉得至此自己认识不止一位杰斯蒙德先生，这世界上有一打杰斯蒙特先生，而他们迟早都会在某个时刻说出相同的一句话——"处境非常敏感"。

"你们可以向警察求助，"赫尔克里·波洛说，"警方会很谨慎的。"

杰斯蒙德先生坚决地摇了摇头。

"我们不能寻求警方的帮助，"他说，"要找回……嗯……我们想要找回的东西，几乎不可能不触动法律程序，但我们对其知之甚少。我们有我们的怀疑，但仍未把握事情的真相。"

"对此我深表同情。"赫尔克里·波洛又重复了一次。

如果他认为他的同情对他的访客具有任何意义的话，他错了。他们不需要同情，他们需要实际的帮助。杰斯蒙德先生又一次提及即将来临的英式圣诞节将会多么令人愉快。

"真正的传统圣诞节即将消失。"他说，"如今人们都在酒店过圣诞。但传统的英式圣诞节应该是全家人团聚在一起，有孩子们和他们满怀期待准备接收圣诞礼物的长筒袜，有诱人的圣诞树、火鸡、圣诞布丁和饼干。窗外堆着雪人——"

出于严谨，赫尔克里·波洛打断了他的话。

"只有下雪的时候人们才能堆雪人。"他严肃地说，"即使是为了英式圣诞节，也没有人能命令上天降雪。"

"我今天刚同气象局的朋友谈及此事，"杰斯蒙德先生说，"他告诉我今年圣诞节极可能下雪。"

他不应该说出这句话，赫尔克里·波洛听后，颤抖得更厉害了。

"下雪的乡村，一座空荡寒冷由石头砌成的庄园别墅！这简直糟透了。"他说。

"您完全不用担心。"杰斯蒙德先生说，"过去的十多年，一切都改变了很多。那栋别墅现在安装有燃油中央供暖设备。"

"金斯莱西有燃油中央供暖设备？"赫尔克里·波洛问道。这是他第一次看上去有些动摇。

杰斯蒙德先生敏锐地抓住了机会。"是的，"他说，"还有完美的热水系统。每个卧室都有暖气。波洛先生，我向您保证，金斯莱西的冬天非常舒适，您甚至有可能觉得房间里太温暖了。"

"这是不太可能的。"赫尔克里·波洛说。

经验丰富而机警的杰斯蒙德先生稍微改变了他劝说的方式。

"您明白我们两难的处境。"他压低了声音，以一种私密的语气说道。

赫尔克里·波洛点了点头。他们所面对的问题确实让人不快。一位即将继位的年轻王储，同时也是一个富裕且重要的国家统治者的独子，在几个星期前到达了伦敦。他的国家正处于动荡之中。他父亲的生活方式非常东方且保守。他虽然忠于父亲，但民众对这位年轻王储的看法是有所保留的，因为这位年轻的王储有过一些西式的愚蠢行为，民众对此并不认可。

然而最近，他宣布了婚约——他即将与一位同血统的表妹结婚。这位年轻女士虽然是在剑桥接受的教育，但她在自己国家里小心翼翼地展现出未受西方文化影响的形象。他们婚礼的日子已经公布，年轻的王子带着他家族的一些知名的传世珠宝到英国来，准备让卡迪亚珠宝公司将这些首饰改造成现代的样式。这其中包括一颗非常著名的红宝石。知名珠宝商将宝石从笨重过时的项链上取下来，赋予它一个全新的样式。事情至此本是很顺利的，但之后发生了一件小小的意外。富有且热爱社交的年轻男性是很容易犯下一些贪图享乐的错误。只要没有造成任何严重的后果，年轻的王子们以这样的方式消遣也无妨。王储带着临时的女友在邦德街^①散步时赠送她一对翡翠手镯或一小块钻石来表示感谢都是正常且得体的行为。事实上，王储的父亲当年就曾赠送卡迪拉克车给他最喜欢的舞女。但这位王储所做的比他父亲更加随意和不谨慎。在与女伴调情时，他向她展示了重新设计改造过的著名红宝石，最终竟然不明智地同意让女伴佩戴红宝石一晚！

---

① 伦敦市中心著名的购物街。

后续故事很短且令人伤心。这位女士以补妆为借口离开了餐桌，时间分分秒秒流逝，她却一直没有回来。她从另外一个出口离开了建筑物，就此消失了。更重要而又让人感到不安的是，那颗重新打造过的昂贵的红宝石就此和她一起消失得无影无踪。

这些事情一旦被公开，将会直接产生冲击性影响。这颗红宝石不仅仅是一颗宝石，它同时是具有重大历史意义的传家宝。造成它遗失的缘由又是如此，任何不适当的消息泄露都会造成严重的政治后果。

杰斯蒙德先生并没有将事实简单地描述出来，而是用冗长的陈述将它包装了一下。赫尔克里·波洛并不知道杰斯蒙德先生是谁，但在他的职业生涯中，波洛见过其他的"杰斯蒙德先生"。这些"杰斯蒙德先生"并不特定隶属于国土局、外交部，或是其他什么敏感的政府部门，而是基于各个部门共同的利益而行动的。现在这些部门的共同利益就是，为了国家，必须把红宝石找回来。

波洛正是杰斯蒙德先生坚信能找回红宝石的人选。

"我也许可以做到，"赫尔克里·波洛承认，"但是你们能告诉我的太少了，只有一些怀疑和猜测，并没有太多有用的信息。"

"波洛先生，请不要这么说，这肯定是您能力范围之内的事情。请接下这个案子吧。"

"我也不是总能成功的。"

这话不过是虚伪的谦虚。从波洛的语调中可以清晰地听出，在他看来，一旦他接下了这个案子，基本等同于事件已经得到解决。

"王子殿下还很年轻，"杰斯蒙德先生说，"他的一生如果仅仅因为这样一个年轻时不谨慎而犯下的错误就此被毁，实在太可惜了。"

波洛温和地看着沮丧的年轻人。"人年轻的时候正是做些蠢事的时候，"他鼓励道，"对于一般的年轻人而言，这是无害的。有他的好父亲帮忙把债还了，请个家庭律师调解一下纠纷，年轻人从中得到了教训，事情也就皆大欢喜地解决了。只是您现在所处的情境确实很让人为难。您即将开始的婚姻……"

"这正是问题所在，真正的问题就在这儿。"年轻人第一次开口了，"您要明白，她非常非常严肃。她对生活本身非常认真。她在剑桥学习了很多非常正派的想法。您要明白，她认为，我的国家要发展教育，会有许多的学校，还有其他很多东西，这一切都要在民主的名义下进行。她说，所有一切都将会跟我父亲统治的时代大不相同。她自然知道我在伦敦会有其他人。但不能有丑闻，不能！丑闻才是最关键的问题。您知道这颗红宝石非常非常著名，它历史悠久，许多人为之流过血，还有很多伴随着死亡的故事。"

"死亡。"赫尔克里·波洛若有所思。他看着杰斯蒙德先生说："希望事情不会发展到这个地步。"

杰斯蒙德先生发出了奇怪的声音，像一只刚生了蛋的母鸡又后悔生了蛋一样。

"当然、当然。"他说，语气听上去有些局促，"毫无疑问，我敢肯定，不会有类似的事情发生。"

"你不能肯定这一点，"赫尔克里·波洛说，"现在无论谁拥有这颗红宝石，都会有其他贪婪之人想要占有它。而那些人，我的朋友，他们是不会为杀不杀人这种琐碎的事情烦心的。"

"我真的不这么认为，"杰斯蒙德先生说，语气似乎更加局促，"我们现在没有必要做出这样的猜测，这对我们的处境毫无益处。"

"对我来说，"赫尔克里·波洛突然摆出一副事不关己的态度，"我需要像政治家一样考虑一切可能性。"

杰斯蒙德先生不太有把握地看着波洛。他努力振作了一下，说道："那么，我能理解成我们达成共识了吗，赫尔克里·波洛先生？您愿意去金斯莱西了？"

"我要如何解释为什么我会出现在那里？"赫尔克里·波洛问。

杰斯蒙德先生露出了自信的微笑。

"我想这很容易安排。"他说，"我向您保证，一切看上去都将十分自然。您会发现那里很有魅力，那里的人也让人愉快。"

"你没有在燃油中央供暖设备这件事情上骗我吧？"

"没有，绝对没有。"杰斯蒙德先生听上去似乎受到了伤害，"我向您保证，您会发现一切都很舒适。"

"所有一切都舒适而现代化。[①]"波洛用怀念的语气自言自语道，"好吧，我接受这个邀请。"

2

金斯莱西狭长的画室保持着令人舒适的华氏六十八度[②]。赫尔克里·波洛和莱西太太坐在巨大的窗前闲聊。莱西太太一边说话一边做着针线活，并非绣地毯或在丝绸上绣花之类精细的手工活，而是为洗碗布卷边。她说话的声音温柔稳重，波洛觉得很有魅力。

---

①原文为法语。文中多次插入法语，为方便起见，全部以仿宋字体表示。
②即摄氏二十度。

"波洛先生，我希望您能喜欢我们的圣诞聚餐。请您谅解，来参加聚餐的只有家人，包括我的孙女、外孙和他的朋友，我的好外甥女布里奇特，我的一个远亲戴安娜，以及一位老朋友大卫·韦林。这只是一个家庭聚会。但埃德温娜·莫克姆说这正是您真正想体验的，一个传统的圣诞节。没有哪里能比我们更传统了！我的丈夫，如您所知，是个绝对生活在过去时光里的人。他喜欢把所有一切都保持在自己还是十二岁小男孩时来这里过圣诞节时的模样。"她笑了起来，"所有的一切，圣诞树、悬挂的长筒袜、牡蛎汤，以及火鸡——必须有两只火鸡，一只煮一只烤——以及包有戒指和单身汉纽扣等其他所有东西的圣诞布丁①。可惜六便士不再是银质的，我们不能再用了。但我们有所有的传统甜点，埃尔瓦什李子和卡尔斯巴德李子、杏仁和葡萄干，以及水果蜜饯和糖姜。天哪，我听上去像是在念福特纳姆和梅森②的产品目录。"

"您说得我垂涎欲滴。"

"希望明天晚上我们能很满意地吃到发撑。"莱西太太说，"我们现在都不太能吃了，不是吗？"

她的话被窗外传来的叫嚷和大笑声打断了。她往外看了看。

"我不知道他们在外面做什么。大概是在玩什么游戏，或者做些其他的事情。您知道吗，我之前一直担心年轻人会觉得在我们这儿过传统的圣诞节很无聊。但事实上完全不会，正好相反。我的儿子、女儿以及他们的朋友们都受够了圣诞节，认为太小题

①英国传统圣诞布丁也称葡萄干布丁，是一种包含了干果的布丁。习俗会在布丁中放一些象征性的小物品（例如戒指、银质硬币等），搅拌煮熟之后点缀上冬青草浇以白兰地，点燃后再隆重地端上餐桌。
②福特纳姆和梅森（Fortnum & Mason）是英国伦敦的著名食品商店，以茶叶和甜点最为出名。

大做，毫无意义。他们更乐意出门去酒店跳舞。不过更年轻的一代觉得圣诞非常有吸引力。而且，"莱西太太特意补充道，"男女学生们都总是饥肠辘辘，我想他们一定是在学校被饿着了。毕竟人人都知道，这个年龄的孩子一人大约能吃三个强壮成年人的分量。"

波洛大笑起来说道："夫人，您和您的丈夫实在太好了。感谢您能以这种方式邀请我来参加您的家庭聚会。"

"哦，我们很乐意。"莱西太太说，"顺便一提，如果您发现贺拉斯有些板着脸，请别在意。他就是这种性情。"

实际上，她的丈夫莱西陆军上校对她说的是："无法想象你为什么要让一个该死的外国人在这里搞乱我们的圣诞节？为什么我们不能在其他的时候邀请他？真受不了外国人！好吧、好吧，所以是埃德温娜·莫克姆希望他跟我们一起过？我真想知道她出了什么毛病。为什么她不邀请他到自己家过圣诞？"

"因为你也很清楚，埃德温娜总是去克拉里奇酒店①过圣诞节。"莱西太太只好如此回答。

她丈夫目光锐利地看着她。"你不会在计划着什么吧？"

"计划着什么？"艾玛②睁大了蓝色的眼睛说，"当然不是。为什么我要这么做？"

老莱西上校发出了雷鸣般的笑声。"如果你在计划什么，我一点也不奇怪，艾玛。"他说，"当你看起来最无辜的时候，总是在计划着什么。"

在脑中绕开这个话题，莱西太太继续对波洛说："埃德温娜说，她认为您可能可以帮助我们……我不太清楚具体情况，但

---

①克拉里奇酒店是一家坐落在伦敦的老牌著名五星级酒店。
②莱西太太名叫艾米琳，艾玛为昵称。

她告诉我，你们有位共同的朋友曾经处在一个跟我们类似的情境里，最终得到了您的帮助。我……也许您并不清楚我在说什么？"

波洛鼓励地看着她。莱西太太即将七十岁了，她坐得笔直，头发雪白，面色红润，有一双蓝色的眼睛、可笑的鼻子和一个看上去意志坚定的下巴。

"如果有任何事情能帮上忙，我将非常乐意。"波洛说，"据我所知，事情跟一位年轻的女士不幸沉醉于盲目的爱情有关？"

莱西太太点了点头。"是的。我应该——或者说我想跟您说，这件事似乎有些奇怪。毕竟，您是一位完全的陌生人……"

"同时还是个外国人。"波洛表示理解。

"是的，"莱西太太说，"不过也许从另一个角度说，这反而让我能更自如地跟您商讨这件事。无论如何，埃德温娜似乎认为您可能知道一些——我应该怎么说好呢——您可能掌握着一些关于这位年轻的德斯蒙德·李·沃特利先生的信息，这些信息对我们能有所帮助。"

波洛顿了一下，在心中默默感叹杰斯蒙德先生办事巧妙，他利用莫克姆女士轻易地达到了自己的目的。

"据我所知，这个年轻人的名声不是太好？"他谨慎地开口了。

"是的，他没有好名声，他的名声很差！但萨拉并不在意这个。告诉一个年轻的女孩对方没有好名声永远是毫无帮助的，不是吗？这只会刺激她。"

"您说得非常正确。"波洛说。

"在我年轻的时候，"莱西太太继续说，"天哪，这真是非常久以前的事了！我们那时会被警告要小心某些年轻人，但这反而增加了我们对他们的兴趣。我们会想尽办法和他们跳舞，或者跟他们在黑暗的暖房单独相处——"她笑了起来，"这就是为什么我不让贺拉斯做任何他想做的事情。"

"请告诉我，"波洛说，"这件事具体怎么困扰您了？"

"我们的儿子在战争中死了。"莱西太太说，"儿媳在萨拉出生时也过世了。因此，萨拉一直跟我们生活在一起，是我们把她抚养成人的。也许是我们教育她的方式不太正确——我也不知道。我们原本以为应该让她尽可能自由地成长。"

"我想现在是鼓励这么做。"波洛说，"人是无法抵抗时代的潮流的。"

"是的，"莱西太太说，"我也是这么觉得的。而且，显然，现在的女孩们都这样。"

波洛用询问的眼神看着她。

"我想应该这么说，"莱西太太说，"萨拉跟那些所谓的泡咖啡吧的人混在一块儿。她不去跳舞，不出来社交，也不考虑在恰当时机正式加入社交圈之类的事情。相反，她在切尔西附近的河边租了两间让人不快的房间，平时穿一些他们那群人喜欢穿的奇装异服，配黑色或者亮绿色的长筒袜，非常厚的长筒袜——我总觉得那东西看上去很扎腿！而且她还不好好梳洗打扮，披头散发就四处走动。"

"啊，这是很正常的。"波洛说，"现在的时尚正是如此，他们的生活方式就是从中发展而来的。"

"是的，我知道。"莱西太太说，"我不是为了这个而担心。但您看，她现在跟这位德斯蒙德·李·沃特利在一起。这位先生的名声实在是不太体面，他基本是靠有钱的女孩养着。她们似乎为他疯狂。他之前差点娶了霍普家的女孩，但她的家人向法庭申请将她监护了起来还是什么的。当然，贺拉斯也想这么做的，他说为了保护萨拉必须这么做。可是波洛先生，我认为这真的不是一个好办法。我的意思是，他们只需要一起私奔去苏格兰，或者爱尔兰，或者阿根廷，或者其他什么地方结婚，甚至只是同居而不结婚就可以了。虽然这样可能犯了藐视法庭之类的罪名，但最终并不能真正解决问题不是吗？特别是，如果她怀孕了的话，我们只能放弃，允许他们结婚。在我看来，这样的婚姻在之后一两年内就会破灭。然后女孩回到家中，通常一两年后再嫁人安定下来，所嫁之人一般都是善良到极其沉闷的人。对我来说，如果有一个孩子，这一切就更加令人伤心了，因为无论继父为人多么好，由继父抚养与由亲生父亲带大是不同的。我觉得我们应该像我年轻时那样处理这些问题。我的意思是，每个女孩的初恋对象都是个混账。我记得我当时跟一个年轻人陷入了恐怖的热恋之中，他叫——啊，他叫什么来着——真是神奇，我已经完全无法想起他的教名了！他姓蒂比特，年轻的蒂比特。当然，我父亲基本上禁止他到家里来，但他总是被邀请去参加我参加的舞会，我们会在那儿一起跳舞。有时我们会偷跑去野外坐坐，有时朋友们会安排一些野餐活动让我们一起参加。当然，那是一段非常刺激而有禁忌感的交往，让人非常享受。但我们那时不会——应该说，不会像现在的女孩那么投入。因此，过了一段时间，蒂比特先生就从我的生活中淡去了。您知道吗，当我四年后再次见到他时，甚至惊讶于自己怎么会看上他！他看上去个如此无聊的年轻人，华而不实，无法进行什么有趣的对话。"

"人们总是认为自己年轻时的时代是最好的。"波洛有些说教意味地说。

"我明白，"莱西太太说，"这样有些烦人对吧？我不能变得

18

烦人。但无论如何，我不愿意萨拉嫁给德斯蒙德·李·沃特利。她真的是一个让人疼爱的女孩。她和来参加圣诞聚会的大卫·韦林曾经是非常要好的朋友，并且彼此喜欢。贺拉斯和我，我们曾经希望他们能在长大之后结婚的。当然，现在她觉得他很无趣，只是一心迷恋着德斯蒙德。"

"夫人，我不太明白"波洛说，"您也邀请了这位德斯蒙德·李·沃特利来参加圣诞聚会，他现在就住在庄园里？"

"是，我邀请了他。"莱西太太说，"贺拉斯满脑子都是如何禁止萨拉见他。当然，在贺拉斯年轻的时候，父亲或者监护人是会带着马鞭在男生宿舍巡楼的！贺拉斯想的都是禁止男生到家里来，禁止女孩见他。我告诉他，这是一种错误的应对态度。'不，'我说，'邀请他来参加圣诞家庭聚会吧。'当然，我的丈夫说我疯了！不过我说：'无论如何，亲爱的，试试看吧。让她在我们的庄园里、在我们家的气氛中见他。我们会对他非常友善而礼貌，也许这样一来，他在她的眼中就不再那么有吸引力了！'"

"夫人，正如别人所说的，我觉得您很有想法，"波洛说，"我认为您的观点是很明智的，比您丈夫明智得多。"

"我希望如此。"莱西太太充满疑虑地说，"但这方法看起来还没有起到什么作用。当然，他才到这里几天。"她满是皱纹的脸颊上突然浮起了两个酒窝，"波洛先生，我得向您坦白，我自己都不由自主地喜欢上他了。我并不是说我真心地喜欢他，而是说我能理解和感受到他的魅力。是的，我能看到萨拉被吸引的地方。不过我已经够老了，纵然享受他的陪伴，还是能通过足够的经验判断出他绝对不是好人。不过我觉得，"莱西太太用有些欣赏的语气补充道，"他有一些好的地方。您知道吗，他问我们是否可以带他的妹妹一起来。她刚动了手术并且还在住院，他说让她一个人住在疗养院里度过圣诞节太凄惨了。他问我们，如果带妹妹一起来会不会太麻烦我们了，他还说他会自己照顾她。就这点而言，我倒觉得他是个挺好的人，波洛先生，您觉得呢？"

"这行为很贴心。"波洛沉思道，"几乎不像他的风格。"

"我不知道。你可以对家人很有感情，但同时整天琢磨着如何捕获年轻富有的女孩。萨拉非常有钱，不仅仅是我们留给她的——当然，那不会很多，因为大部分的钱将传给我们的孙子科林。萨拉的母亲是位很富有的女性，在萨拉二十一岁时她将继承母亲所有的财产。她现在才二十岁。我觉得德斯蒙德挂念着妹妹这点很善良，而且他并没有假装他的妹妹是如何特别的人。我听说他妹妹是一位速记员，在伦敦做秘书。而他也如自己承诺的那样亲自为她送饭。当然，不是每餐如此，但经常这么做。因此，我觉得他是有一些优点的。但无论如何，"莱西太太坚决地说，"我不希望萨拉嫁给他。"

"根据我所听闻的和您刚刚告诉我的，"波洛说，"跟他结婚确实将是场灾难。"

"您有什么办法帮助我们吗？"莱西太太问。

"我想可以，我有可能做到。"赫尔克里·波洛说，"不过我不能保证什么。夫人，这位德斯蒙德·李·沃特利先生很聪明。不过不要绝望，有些事情还是有可能做到的。无论如何我将竭尽全力，以此感谢您如此好意地邀请我来这里庆祝圣诞。"他看了看周围，"如今已经不太容易能有圣诞庆祝活动了。"

"确实如此。"莱西太太叹了口气，她向前倾了倾身子，"波洛先生，您知道我的梦想是什么吗——我真正想要拥有的东西？"

"洗耳恭听。"

"我渴望有一个小而现代的平房。可能不一定要是平房，一间小巧、现代又容易打理的房子就好了，建在庄园里的某个地方。它要有一个绝对最新式的厨房，不需要长长的走廊，所有的一切都简单易用。"

"夫人，这是一个很实际的想法。"

"对我来说并不实际。"莱西太太说，"我丈夫热爱这个地方。他喜欢住在这里，他不介意有些不太舒适或不方便。他就是讨厌住在庄园里的现代化小房子中。"

"所以，您牺牲了自己的心愿来满足他？"

莱西太太重新坐直了身子。"我不认为这是牺牲，波洛先生。"她说，"我嫁给我的丈夫是希望能让他开心。他是个好丈夫，这些年让我很开心，我也希望能为他带来快乐。"

"因此，您会继续住在这里吗？"波洛说。

"这里并没有非常不舒适。"莱西太太说。

"当然，当然，"波洛连忙说，"正好相反，这里无比舒适。您的中央供暖系统和洗澡水简直完美极了。"

"我们花了很多钱来装修这个别墅，让它变得适宜居住。"莱西太太说，"我们卖了一些土地，我想这叫作为发展做准备。我们很幸运，在别墅视野之外、庄园的另外一头，有一块没有风景并且不怎么漂亮的地。我们将它卖了个不错的价钱，因此能够对别墅进行一些改造。"

"但仆人的问题怎么办呢？"

"啊，这方面可能比您想象的要容易解决。当然，现在我们不能指望像过去那样被人全天候地照顾着。但村里许多人会来帮忙。早上有两位女士来家里收拾，中午由另外两位来帮忙煮饭和洗餐具，晚上会是其他不同的人来。很多村民想每天来工作几个小时。当然，圣诞节期间我们很幸运。我亲爱的罗斯太太每个圣诞节都来帮忙。她是个很棒的厨师，真的是一流的。她大约十年前退休了，但一有紧急状况就会回来帮忙。当然，还有亲爱的佩维里尔。"

"您的管家？"

"是的。他领了退休金退休了，住在门房附近的屋子里。但他实在太热爱他的工作了，坚持一定要在圣诞节回来帮我们。真的，波洛先生，我都有些害怕，因为他年纪很大了，手抖得厉害，我觉得他如果需要搬什么重物的话一定会把它们砸碎。看到他这样其实挺让人焦虑的。而且他的心脏也不太好，我担心他是做太多事情了。但是如果我拒绝让他来，他会很受伤。他每次回来看到我们银器的状态，都会哼哼唧唧地表示不满，然后三天内，所有银器又回到了最好的状态，闪闪发亮。是的，他是一个亲爱的忠诚的朋友。"

她对波洛微笑了一下。"所以您看，我们为一个愉快的圣诞节做好了一切准备。这个圣诞节应该还会是个白色圣诞节。"她看了看窗外加了一句，"您看，开始下雪了。啊，孩子们要进屋来了。波洛先生，您一定要见见他们。"

波洛被异常隆重地介绍给了孩子们。首先是还是学生的外孙科林和他的朋友迈克，两个十五岁的年轻小伙子，他们友善而礼貌，一位头发是深色的，一位则是金发。其次是他们的表妹布里奇特，一位也十五岁左右、充满活力的黑发姑娘。

"这位是我的孙女，萨拉。"莱西太太介绍道。

波洛饶有兴趣地打量着萨拉，一位有着蓬松的红发，挺有魅力的女孩。她的态度显得有些粗暴，并带有小小的叛逆，但她明显对祖母有很深的感情。

"这一位是李·沃特利先生。"

李·沃特利先生穿着一件套头毛衣和一条紧身黑色牛仔裤。他的头发有些长，同时看起来早上可能没有刮胡子。跟他完全不同的是一位叫大卫·韦林的年轻人，他看上去安静可靠，脸上带着令人愉快的笑容，并且显然比李·沃特利先生更喜欢使用肥皂和清水。这组年轻人中还有一名成员，是一位长相帅气、看起来很热情的女孩，她叫戴安娜·米德尔顿。

下午茶准备好了，有司康饼、薄煎饼、三明治和三种蛋糕，都制作得十分用心。年轻人们对它们赞赏了一番。莱西上校最后一个走了进来，用不太确定的语气问道："是下午茶上了吗？啊，是的，可以吃下午茶了。"

他从太太手中接过一杯茶，拿了两块司康饼，厌恶地看了一眼德斯蒙德·李·沃特利，然后尽可能远离他坐了下来。莱西上校是个大块头，眉毛浓密，有着一张饱经风霜且泛红的脸。他更可能被当作农夫而非庄园的领主。

"开始下雪了。"他说，"今年将是个白色圣诞节。"

下午茶结束后，大家各自散去。

"我想他们要去玩录音机了。"莱西太太对波洛说，宠爱地看着外孙们离开房间，语气就像人们所说的"孩子们要去玩他们的士兵玩具了"一般。

"他们非常喜欢高科技的东西。"她说，"而且也很擅长。"

然而，布里奇特和男孩子们决定到湖边走走，去看看湖上的冰是否结实到可以滑冰。

"今天早上我就觉得可以在那儿滑冰了。"科林说，"但老霍奇金斯说不可以。他总是异常小心。"

"大卫，一起出去走走吧。"戴安娜·米德尔顿柔声说。

大卫迟疑了半分钟。他看着萨拉红色的头发。萨拉站在德斯蒙德·李·沃特利身边，揽着他的胳膊，抬头看着李·沃特利的脸。

"当然。"大卫·韦林说，"我们走吧。"

戴安娜迅速地挽住他的胳膊，他们一起走进了花园。萨拉说："德斯蒙德，我们是不是也应该出去走走？房子里很闷。"

"谁还想散步呢？"德斯蒙德说，"我去把我的车开出来，我们一起去斑点野猪酒吧喝杯酒吧。"

萨拉犹豫了一下说："我们去莱德伯里市场的白色公鹿那儿吧，那里更有趣一些。"

虽然她绝对不会说出来，但萨拉本能地对和德斯蒙德一起去本地的酒吧感到反感。她总觉得，这不是金斯莱西的传统。金斯莱西的女性从来不会经常光顾斑点野猪酒吧。她隐约觉得，去那里的话，老莱西上校和他的妻子会失望的。有什么不可以呢？德斯蒙德·李·沃特利会这么说。有那么一个瞬间，萨拉愤怒地觉得他应该知道为什么！除非必要，没有人会让像祖父和亲爱的老艾玛这样的老人家感到不安。他们真的对她非常好，即使完全不明白为什么她想在切尔西过她现在过的日子，也接受了这一切，让她拥有自己的生活。当然，这都因为有艾玛在，祖父本会无休无止地抱怨的。

萨拉对她祖父的态度没有什么幻想，德斯蒙德能被邀请来金斯莱西不是他的决定。这一切都是因为祖母艾玛，亲爱的艾玛，她一直那么好。

德斯蒙德去拿车的时候，萨拉再一次探头到客厅里。

"我们要去莱德伯里市场了。"她说，"我们想去那儿的白色公鹿喝一杯。"

她的声音中稍微有一丝挑衅的意味，不过莱西太太似乎并没有在意。

"好的，亲爱的。"她说，"我相信这是个好主意。我真高兴看见大卫和戴安娜一起去散步了。我是灵机一动想到邀请戴安娜来的。她才二十二岁，还这么年轻就被留下来，成了寡妇。我真希望她能很快再婚。"

萨拉警惕地看着她："艾玛，你在计划着什么？"

"我有我自己的小计划。"莱西太太愉快地说，"我觉得她很合适大卫。当然，亲爱的萨拉，我知道他疯狂地爱着你，但你对他没有兴趣，我也意识到他不是你喜欢的类型。但我不想让他继续这么不开心下去，我觉得戴安娜真的适合他。"

"艾玛，你成天想着做媒。"萨拉说。

"我知道。"莱西太太说，"上了年纪的女人都是如此。我想戴安娜对他很有兴趣，你不认为他们很合适吗？"

"我不觉得。"萨拉说，"我认为戴安娜太——好吧，太过紧张和严肃了。我觉得大卫和她结婚会觉得很无聊的。"

"好吧，我们到时候看看吧。"莱西太太说，"反正你不想要他，对吧，亲爱的？"

"是的，我不想。"萨拉迅速地回答，然后突兀地问了一句，"你是真的喜欢德斯蒙德的吧，艾玛？"

"我相信他是个好人。"莱西太太说。

"爷爷不喜欢他。"萨拉说。

"你该不会指望他喜欢你的小伙子吧？"莱西太太笃定地说，"但我敢说，当他习惯了现状之后会转变想法的。亲爱的，你不能逼他。老人家改变想法是很慢的，何况你的爷爷还很顽固。"

"我不在乎爷爷想什么或者说什么。"萨拉说，"我想嫁给德斯蒙德时就会嫁给他。"

"我知道，亲爱的，我知道。但是，试着在这件事情上现实点。你爷爷可能会制造很多麻烦，你知道的。你也还没到结婚的年龄。再过一年，你就可以做你想做的事情了。我相信贺拉斯在那之前会回心转意的。"

"你是站在我这一边的，对吧，奶奶？"萨拉说，然后搂住祖母，给了她一个深情的吻。

"我希望你快乐。"莱西太太说，"啊，你的年轻人把车取来了。你知道，我喜欢现在这些年轻人穿的紧身裤，看起来很利落——只是也使得外八字腿特别明显。"

是的，萨拉想着，德斯蒙德是有点外八字，她之前从来没有注意到过……

"去吧，亲爱的，玩得开心。"莱西太太说。

莱西太太看着萨拉走到车边，然后想起了她的外国客人。她一路走到书房看了看，赫尔克里·波洛正在小憩。她笑了笑，穿过大堂走到厨房，跟罗斯太太商议晚饭去了。

"快点儿，美女。"德斯蒙德说，"你的家人不会是接受不了你去酒吧吧？这里真是太落后于时代了。"

"他们才没有那么大惊小怪。"萨拉坐进车里，高声说道。

"那个外国佬为什么在这儿？他是个侦探，对吧？这里有什么好侦查的？"

"哦，他不是出于工作原因来这里的。"萨拉说，"埃德温娜·莫克姆，我的外婆让我们邀请他的。我想他已经退休很久了。"

"听上去像匹已经快不行的老马。"德斯蒙德说。

"我相信，他是想见识一下传统的英国圣诞节。"萨拉含糊

26

地说。

德斯蒙德轻蔑地大笑起来。"那些东西都是垃圾。"他说，"我都不知道你怎么能受得了。"

萨拉的红发在身后飘动，她抬起了好斗的下巴。

"我很享受！"她挑衅地说。

"宝贝，这是不可能的。让我们明天就了结这里的事情，一起去斯卡布罗或者其他什么地方吧。"

"我不可能这么做。"

"为什么不。"

"这样会伤害他们的感情。"

"哦，胡说八道！你一向不喜欢这些幼稚矫情的废话。"

"好吧，可能不是真的这样，但——"萨拉打住了。她羞愧地意识到她本来是很期待庆祝圣诞节的。她从心里享受着圣诞节所有的一切，却羞于向德斯蒙德承认。这不是因为享受圣诞和家庭生活有什么问题，而是因为她有那么一刻打心底里希望德斯蒙德不会在圣诞期间来金斯莱西。事实上她几乎希望德斯蒙德永远不要来，在伦敦见他比在家里见他有趣多了。

就在这个时候，布里奇特和男孩子们正从湖边走回来，热烈地讨论着关于滑冰的问题。小颗的雪粒不断地飘落，只要你抬头看看天空，就不难预测不久后将有一场大雪。

"今晚会下一整晚雪。"科林说，"我跟你们打赌，到了圣诞节当天早上，会有几米厚的积雪。"

这样的预言让人神往。

"我们来堆雪人吧。"迈克说。

"天哪。"科林说，"自从——嗯，自从大概四岁之后，我就没堆过雪人了。"

"我觉得堆雪人不是件很容易的事。"布里奇特说,"我的意思是,你得知道怎么堆。"

"我们可以堆一个波洛。"科林说,"给它安一个大胡子。梳妆盒里面就有一个。"

"我真想不明白,波洛怎么可能是一个侦探呢。"迈克想了想说,"我无法想象他要怎样易容。"

"我懂你的意思。"布里奇特说,"我也很难想象他拿着个显微镜到处跑,寻找线索或者测量足迹的样子。"

"我有个想法。"科林说,"让我们为他演场戏吧!"

"一场戏?你是什么意思?"布里奇特问。

"嗯,为他安排一场谋杀。"

"这是个好主意。"布里奇特说,"你是指雪中的尸体,这类的东西吧?"

"是的。这会让他觉得宾至如归,对吧!"

布里奇特咯咯地笑了起来。

"我不知道这样会不会玩得太过分了。"

"如果下雪的话,"科林说,"我们就有一个完美的舞台了。一具尸体和脚印——我们必须认真地计划一下,偷一把外公的匕首,再搞些血。"

他们停下了脚步,无视越下越大的雪,展开了激烈的讨论。

"旧教室里面有颜料盒,我们可以调一些血。我想应该是玫红色的。"

"我觉得玫红色有点太粉了,"布里奇特说,"应该更棕一点。"

"谁来演尸体?"迈克问。

"我来。"布里奇特立刻答道。

"听着，"科林说，"这主意是我想到的。"

"不不不，"布里奇特说，"必须是我，必须是一具女尸，这样才刺激。美丽的少女毫无生气地躺在皑皑白雪中。"

"美丽的少女！呵呵。"迈克嘲讽道。

"我还是黑发。"布里奇特说。

"跟这个有什么关系？"

"在雪中看起来效果会非常好。我应该穿上我红色的睡衣。"

"如果你穿着红色的睡衣，就看不出血迹了。"迈克的想法很现实。

"但它在雪中会被反衬得特别显眼。"布里奇特说，"我的睡衣有白色镶边，血可以滴在那上面。这样简直太棒了！你们觉得他会被骗到吗？"

"如果我们做得足够好的话，他会的。"迈克说，"我们要让雪上只有你的脚印，还有另外一行脚印走到尸体边上再离开。当然，必须是男性的。他不会想破坏现场的，所以无法发觉你没有真的死。你们认为——"迈克停了一下，有个突如其来的想法如当头一棒击中了他。其他人都看着他，他又开口道："你们认为他会因此生气吗？"

"哦，我认为不会。"布里奇特语调轻松而乐观地说，"我相信他会理解我们只是想让他开心。类似于圣诞礼物。"

"我觉得我们不应该在圣诞节这么做。"科林思考了一下说，"我不认为外公会很喜欢这个想法。"

"那就节礼日①吧。"布里奇特说。

"节礼日感觉就对了。"迈克说。

---

①节礼日是英国与大多英联邦国家在十二月二十六日（圣诞节翌日）庆祝的公众假期。

29

"这样我们也有更多的时间。"布里奇特接着说，"毕竟有很多东西需要安排。让我们去看看有什么道具。"

他们匆忙地走回别墅。

3

这是个忙碌的夜晚。屋子里摆着大量的冬青和槲寄生，餐厅的尽头立着一株圣诞树。大家都在忙，有的在装饰圣诞树，有的在画像后面插冬青，有的在大堂里合适的位置挂槲寄生。

"我都不知道还有人做这么古老的事情。"德斯蒙德冷笑着跟萨拉低语道。

"我们每年都这么做。"萨拉驳斥。

"真是个好理由！"

"哦，别这么烦人了德斯蒙德，我觉得挺好玩的。"

"萨拉亲爱的，你不是这么想的吧！"

"好吧，可能不是，但——从某种角度说，我是觉得挺有趣的。"

"谁准备穿过大雪去参加午夜弥撒？"莱西太太在十一点四十分时发问。

"我不去。"德斯蒙德说，"走吧，萨拉。"

他拽着萨拉的胳膊把她拉到书房，走到唱片盒边。

"亲爱的，事情总要有个限度吧。"德斯蒙德说，"午夜弥撒！"

"是啊。"萨拉说，"是的。"

剩下的大部分人穿上衣服有说有笑地出去了。两个男孩、布里奇特、大卫和戴安娜都顶着大雪，朝着约十分钟步行距离的教堂出发了。

"午夜弥撒！"莱西上校哼哼道，"我年轻的时候从来没参加过午夜弥撒。弥撒，真是的！那是天主教的玩意儿！哦，对不起，波洛先生。"

波洛摇了摇手。"没关系的，不用在意我。"

"要我说，对任何人而言，晨祷就已经足够了。"上校说，"得体的周日晨聚，'倾听传令天使的歌唱'，以及其他美好的传统圣诞赞美诗，然后回家吃圣诞大餐。这才是正道，艾玛你说对吗？"

"是的，亲爱的，"莱西太太说，"我们是这么做的。但是年轻人们喜欢午夜的布道。他们自己想去，这是件好事，真的。"

"萨拉和那家伙就不想去。"

"哦亲爱的，我想你错了。"莱西太太说，"要知道，萨拉是想去的，但她不想说出来。"

"你说她为什么要在乎那个家伙的意见？"

"她还非常年轻。"莱西太太沉稳地说，"波洛先生，您要去休息了吗？晚安，祝您睡个安稳觉。"

"夫人您呢？还不去休息吗？"

"暂时还不行。"莱西太太说，"您看，我还要去把长筒袜都装满。我知道孩子们都已经长大了，但他们还是喜爱他们的长筒袜。确实有人笑话它们！愚蠢的小玩意儿，但能带来很多欢乐。"

"您真是非常努力地让家人过个愉快的圣诞。"波洛说，"我向您致敬。"

他温文尔雅地抬起太太的手，吻了一下手背。

"呵，"莱西上校在波洛走后咕哝了一声，"浮夸的家伙。不过他很欣赏你。"

莱西太太笑着看着他。"你发现了吗贺拉斯，我正站在槲寄生①下面。"她正经得像一个十九岁少女。

赫尔克里·波洛走进了他的卧室,一间宽敞且暖气良好的房间。当他向宽大的四柱床走去时,注意到枕头上放着一封信。他拆开信封抽出里面的信纸,看到上面全是大写字母,笔迹歪歪扭扭,写着:

不要吃圣诞布丁。来自一个希望您一切安好的人。

赫尔克里·波洛盯着信,抬了抬眉毛。

"真是神秘。"他自言自语道,"而且完全出乎意料。"

4

圣诞大餐在下午两点开始,是个货真价实的宴席。粗重的木头在宽大的壁炉里噼里啪啦愉快地燃烧着,一桌人七嘴八舌,说话声不绝于耳。牡蛎汤喝完了,两只巨型火鸡被端上来,旋即又只剩下骨架被撤了下去。重要时刻来临了,圣诞布丁被郑重地端上了桌。年高八旬的老佩维里尔坚持用他颤抖的手亲自端着圣诞布丁。莱西太太坐在那儿,双手合十,显得十分紧张。她很肯定,总有一年圣诞节,佩维里尔会摔倒然后死去。在让他摔死还是让他失望之间,莱西太太暂时还是选择了前者。气派的圣诞布丁摆在一只银盘上,足球大的布丁上插着的冬青枝,如一面胜利的旗帜,周围的蓝红色火焰炫目地跳跃着,大家不由得"哇"地欢呼了起来。

①去亲吻站在槲寄生下的女孩是圣诞节的习俗。

莱西太太做了一件事，她说服佩维里尔将布丁放在她面前，而不是由他端着在餐桌上传一轮。这样，她可以帮忙切分给大家。布丁终于安全地放到了莱西太太面前，她松了口气。很快，被火焰舔舐的布丁被分到碟子里递到众人的手中。

"许个愿吧，波洛先生。"布里奇特喊道，"在火还没有熄灭前许愿。快，亲爱的外公外婆，快。"

莱西太太靠在椅背上，满意地舒了口气。圣诞布丁的安排非常成功。每个人面前的布丁上都有火焰仍在燃烧。餐桌上瞬间安静了下来，所有人都在认真地许愿。

没有人注意到波洛脸上好奇的表情。他正在研究他盘子中的那块布丁。"不要吃圣诞布丁"，这个不祥的警告到底意味着什么？他分到的那份布丁和其他人的不可能有什么区别！他叹了口气，承认自己受到了挫败——赫尔克里·波洛从来不乐意承认自己的挫败。他拿起了刀叉。

"波洛先生，您要点黄油甜酱① 吗？"

波洛心怀感谢，拿了点黄油甜酱。

"艾玛，你又偷了我最好的白兰地？"坐在桌子另一端的上校半开玩笑地问道。莱西太太对他眨了眨眼。

"亲爱的，罗斯太太坚持要用最好的白兰地。"她说，"她说这是最关键的。"

"好吧、好吧。"莱西上校说，"圣诞节一年才一次，而罗斯太太是个伟大的女人。一个好女人，同时是个好厨师。"

"能做出如此出色的圣诞布丁，她一定很了不起，嗯。"科林赞赏地又吃了一口。

---

①黄油甜酱（Hard sance），一种甜点用酱，由奶油、黄油、糖和朗姆酒、白兰地、威士忌或雪莉酒等原料制成，多用于热甜点。

温柔地，近乎小心翼翼地，赫尔克里·波洛挖了一块他的布丁。他吃了一大口，真是太好吃了！于是他又吃了一口。盘子里有什么东西发出了微弱的声响，他用叉子探试了一下。坐在他左边的布里奇特来帮他。

"你的布丁里有东西，波洛先生。"她说，"会是什么呢？"

波洛在一堆葡萄干中发现了一个小小的银色物体。

"哦，"布里奇特说，"是单身汉纽扣！波洛先生吃到单身汉纽扣了！"

赫尔克里·波洛将小小的银纽扣放到盘子边的洗手杯中，将上面黏着的布丁碎屑洗干净。

"真好看。"他看着纽扣说。

"这意味着你将成为一名单身汉，波洛先生。"科林帮忙解释道。

"我猜也是如此。"波洛故作认真地说，"我已经单身非常长时间了，现在看上去也不太像会有改变。"

"哦，不要这么说。"迈克说，"我那天在报纸上看到有人九十五岁娶了个二十二岁的女孩。"

"谢谢你的鼓励。"赫尔克里·波洛说。

莱西上校突然喊了起来，他的脸涨成了紫色，手抠着自己的嘴巴。

"该死的，艾米琳。"他大叫道，"你为什么让厨师在布丁里放玻璃？"

"玻璃！"莱西太太也震惊地叫了起来。

莱西上校把异物从口中取了出来。"可能会断颗牙，"他嘟囔道，"或者吞了这该死的东西之后得阑尾炎。"

他把玻璃片丢到了洗手杯中洗了一下，拿了起来。

"我的天哪。"他又惊呼了一声,"这是胸针上的那种红色石头。"他把它高高地举了起来。

"你确定?"

波洛的手非常灵巧地穿过邻座们,拿过莱西上校手中的东西,认真地检查了一下。正如那位老爷所说,这是一块硕大的红色石头,泛着红宝石的光泽,转动时表面闪着微光。桌上的某人猛地把椅子拉开,之后又推了回去。

"啧啧。要是它是真的,得有多诡异啊。"迈克说。

"也许它是真的。"布里奇特充满希望地说。

"哦,别傻了,布里奇特。这种大小的红宝石一颗得值好多好多钱呢。对吧,波洛先生?"

"是的。"波洛说。

"可是我不明白,"莱西太太说,"它是怎么混进布丁里的?"

"唔,"科林试图开口说话,结果被他刚刚咽下去的一大口食物给干扰了一下,"我吃到了猪肉,这不公平。"

布里奇特立刻唱了起来。"科林吃到了猪肉,科林吃到了猪肉,科林是一只贪婪暴食的猪!"

"我吃到了戒指。"戴安娜尖声说道。

"恭喜你,戴安娜。你将会是我们中第一个结婚的。"

"我吃到了顶针。"布里奇特哀叹了一声。

"布里奇特将会变成老处女。"两个男孩唱了起来,"耶,布里奇特将会变成老处女。"

"谁吃到了钱?"大卫问道,"罗斯太太告诉我,这个布丁里有一枚真正的金的十先令。"

"我想,我是那个幸运儿。"德斯蒙德·李·沃特利说。

莱西上校左右两边的人听到了,嘟囔道:"是的,你是。"

"我也吃到了一枚戒指，"大卫说，他看着戴安娜，"真巧，不是吗？"

笑声在继续，没有人注意到波洛似乎在思考着什么其他的事情，之后一不小心，将红色的石头放进了自己的口袋。

肉馅饼和圣诞甜点在布丁之后上桌了。老人们在庆祝圣诞树点灯的下午茶时间开始之前先去午休了。赫尔克里·波洛却没有去休息，他走进了宽敞老派的厨房。

"我能否来恭喜一下刚刚做出一桌无比美味的大餐的厨师？"他环视四周，笑着问道。

罗斯太太愣了一下，接着以一种庄重的态度向他问候。她是位魁梧的女性，如同舞台上的女爵一样长得高贵而体面。两位略微驼背的灰发妇女在后面的碗碟洗涤室里清洗餐具，一个亚麻色头发的女孩在洗涤室和厨房间穿梭。不过她们显然都只是随从，罗斯太太才是统治厨房的女王。

"很高兴您喜欢，先生。"她优雅地说。

"我太享受了！"赫尔克里·波洛大声说。他以一种异常夸张的外国人的姿态亲吻了罗斯太太的手，又向天花板抛了一个吻。"罗斯太太，您是一个天才！天才！我从来没有吃过如此美妙的食物。那牡蛎汤——"他发出了一个表示美味的吮吸声音，"还有火鸡中的填充料。火鸡中的栗子对我来说是一次独特的体验。"

"您这么说真有趣，先生。"罗斯太太优雅地说，"填充馅料是个独特的配方。许多年前，一个跟我一起工作的澳大利亚厨师教我的。不过剩下的，"她补充道，"只是美味的普通英国料理而已。"

"这世界上还有什么更美味的食物吗？"赫尔克里·波洛问道。

"先生，我真感谢您这么说。当然，作为一位外国来的绅士，可能您会更喜欢欧洲大陆的风味，但我不太会做欧洲的食物。"

"罗斯太太，我确定您能做到任何事情！不过您一定知道，欧洲大陆的美食家是很欣赏英国料理的。当然，是好的英国料理，而不是那些二流酒店或者餐馆做的东西。我相信是在十八世纪初，有一支特殊的探险队来到伦敦，他们送回法国的报告里充满了对英国布丁的兴趣。'我们法国没有任何类似的东西。'他们写道，'仅是品尝品种繁多又无比美味的英国布丁这一项，就值得大家到访伦敦了。'而在一切布丁中，"波洛继续说着，准备为这一番颂扬之辞做个结尾，"第一名就是我们今天吃的圣诞布丁了。那是你自己做的吧，对吗？不是买回来的吧？"

"是的，先生。是我根据用了好几年的独家配方亲手做的。我刚到这儿的时候，莱西太太说她会从伦敦的店里订购一个圣诞布丁，为我减少一些麻烦。但我说，太太，不能这样。感谢您为我着想，但是从店里买来的布丁没有一个比得上自己家里做的。不过我必须要告诉您，"罗斯太太如一位艺术家在谈论自己的作品，"这个布丁做的时间太迟了。一个好的圣诞布丁应该在几周前就做好，放在那儿，放得越久自然也就越好吃。我还记得我小的时候，我们每周日都会去教会。当听到那周的短祷由'主啊，我们恳求您让您的信徒振奋精神'[1] 开头时，就知道该开始做圣诞布丁了，这句祷告词是个信号。传统一直是这样的，我们在周日听到这句祷告词，那周我的母亲肯定就会开始制作圣诞布丁。今年我们本应该也这么做的，但事实上圣诞布丁是三天前才做

---

[1] 祷词原文为 "Stir up, we beseech thee, O Lord, the wills of thy faithful people"，摘自《公祷书》(Book of Common Prayer)，这段祷词多在唤醒星期日 (Stir up Sunday) 使用，提醒大家准备圣诞布丁。"Stir up Sunday" 是英国国教的一种通俗用法，指降临节主日前的最后一个星期日，此称呼来自这段祷词，"Stir up" 也有搅拌的意思。

的，在先生您到达的前一天。不过，我还是坚持了以前的传统，让家中的每一个人都到厨房来搅拌了一下布丁，并且许了个愿。先生，这是一个古老的习俗，我总是坚持这么做。"

"真是有趣。"赫尔克里·波洛说，"真是太有趣了。所以，每个人都到厨房来了吗？"

"是的，先生。年轻的小绅士们，布里奇特小姐，以及伦敦来的那位住在这里的先生和他的妹妹，大卫先生和戴安娜小姐——我应该称呼她为米德尔顿太太——他们都来搅拌过圣诞布丁。"

"你做了几个布丁？就这一个吗？"

"不，先生，我做了四个。两个大的两个小的。另一个大布丁我计划在新年那天拿出来，而小的是给上校和太太的，没有那么多客人的时候他们可以吃。"

"我明白了。"波洛说。

"事实上，"罗斯太太说，"你们今天吃的是个错的布丁。"

"错的布丁？"波洛皱起了眉头，"这是怎么回事？"

"是这样的，先生。我们有一个大的圣诞模具，瓷质的，顶端有冬青和槲寄生的图案，总是用来煮圣诞布丁。但一件不幸的意外发生了，今天早上，安妮把它从食品库的架子上拿下来的时候滑了一跤，模具碎了。我自然不能把那个圣诞布丁端上桌了，里面可能有瓷器的碎片，对吧，先生？因此，我们用了新年的那个圣诞布丁。它是放在普通的碗里煮出来的，是个漂亮的圆形，但没有圣诞模具做得那么有装饰性。说真的，我都不知道上哪儿去再买一个模具了。现在都不卖这种尺寸的东西了，所有烹饪用品都很小，你甚至无法买到一个能放八到十个鸡蛋和培根的早餐碟。哎，现在真的跟过去不一样了。"

"确实是不同了。"波洛说,"但今天并非如此,这里的圣诞节还和过去一模一样,不是吗?"

罗斯太太叹了口气说:"我很高兴您这么说,先生。不过,当然,我没有像过去那样的助手了,根本没有有能力的助手。现在的小女孩……"她把音量降低了一些,"她们心是好的,也很乐意帮忙,但没有受过训练。先生,您明白我在说什么吧?"

"是的,时代不同了。"赫尔克里·波洛说,"我有时也觉得这很让人遗憾。"

"这栋别墅对于女主人和上校来说太大了。太太她是明白的。只在其中的一个小角落活动,和整个房子都有人是完全不一样的。如果要说的话,这栋别墅只有在全家人都来过圣诞的时候才能重新焕发生机。"

"我想,这是李·沃特利先生和他妹妹第一次到访?"

"是的,先生。"罗斯太太的口吻显得有所保留,"他是一位对人很好的绅士。不过,该怎么说,在我们看来,作为萨拉小姐的朋友就有些奇怪了。但是他们伦敦人的想法跟我们不一样。我很遗憾他的妹妹身体如此不适。她才动过手术,刚来的第一天看起来还好,但在搅拌了布丁之后她就又不舒服了。从那之后她一直躺在床上,我想应该是因为她在手术后太快下床了。现在的医生们总是在你还站不稳的时候就赶你出院。真是搞不明白,我侄儿的妻子……"之后,罗斯太太颇有激情地讲述了一个关于她的亲戚在医院遭遇的冗长故事,并将冷酷无情的现状与曾经温情的医院做了对比。

波洛恰当地表达了对她所说遭遇的同情。"此外,"他说,"为了感谢您所做的精致而奢华的一餐,请您允许我表达一点点的谢意。"他递上了一张卷起的五镑纸币。

罗斯女士敷衍地说："先生，您不需要这么做。"

"我坚持，我坚持。"

"好吧，您真是太好了。"罗斯太太收下了钱，以一种这是她应得的态度说道，"我也祝愿您圣诞快乐，新年昌隆。"

5

圣诞节以它应有的样子结束了。点亮的圣诞树，与茶一起端上的上好的圣诞蛋糕，众人赞赏，但都只是尝了一下。晚饭是冷餐。

波洛和房子的主人及太太都早早上床休息了。

"晚安，波洛先生。"莱西太太说，"我希望您喜欢在这里度过的时光。"

"今天非常棒，太太，非常棒。"

"您看上去在想什么事情。"莱西太太说。

"英国布丁，这是我在想的。"

"您觉得它口味太重？"莱西太太小心地问。

"不、不，我不是在说它的口味，我在考虑它的意义。"

"当然，这是传统。"莱西太太说，"那么晚安了，波洛先生，可别做太多关于圣诞布丁和肉馅饼的梦了。"

"当然。"波洛在脱衣时喃喃自语，"圣诞布丁是问题的关键。但有些东西我完全不明白。"他恼怒地摇了摇头，"好吧，再看看吧。"

做了一些睡前准备之后，波洛躺上了床，但并没有睡着。

大约在两个小时以后，他的耐心得到了回报。卧室的门被非常小心地推开了，他偷笑了一下。一切正如他想的那样。他的思绪飞回到德斯蒙德·李·沃特利礼貌地递给他一杯咖啡的时候，德斯蒙德转身时他将杯子放在了桌上。过了一会儿他装作再次拿起咖啡杯的样子，并且看到德斯蒙德满意地看着他喝完了那杯咖啡。当他想到不是他而是另外一个人今晚睡得正香时，微笑爬上了波洛的嘴角。"那个讨人喜欢的大卫，"波洛对自己说，"他忧心忡忡的。好好睡一觉对他没有坏处。现在，让我们看看会发生什么吧。"

他安静地躺着，呼吸均匀，偶尔发出微弱的打鼾声。

有个人走到他的床边俯身看着他，然后满意地转身去了衣帽间。借助一只小手电筒，这位访客检查了整齐地摆放在梳妆台上的波洛的所有物，掏了掏钱包，轻轻地拉开梳妆台的抽屉，之后又检查了一遍波洛衣服的口袋。最终，这位访客极小心地走到床边，把他的手伸到了枕头下。抽回手之后，他在那儿站了一两分钟，似乎不太确定接下来应该做些什么。他在房间里四处查看，开了开家具的门，到隔壁的浴室看了一眼。最后，他轻声地啧了一下，走出了房间。

"哈，"波洛小声嘟囔，"你失望了。当然、当然，非常失望。哼，居然认为赫尔克里·波洛会把东西藏在你能找到的地方！"然后他转了个身，安心地睡去了。

第二天早上，一阵轻而急促的敲门声吵醒了波洛。

"是谁？进来、进来。"

门打开了。脸色通红、气喘吁吁的科林站在门口，迈克站在他的身后。

"波洛先生、波洛先生。"

"怎么了？"波洛从床上坐了起来，"是早茶时间到了吗？看来不是。科林是你啊，发生了什么？"

科林沉默了一会儿，似乎被什么强烈的情感控制着。实际上，是看到了赫尔克里·波洛戴着的睡帽让他瞬间说不出话来。很快，他控制住了自己，开口说道："波洛先生，我想——您能帮助我们吗？这里发生了一件十分恐怖的事情。"

"发生了什么事？"

"是——是布里奇特。她在雪地里躺着，不动也不说话。我想，哦天哪，您最好自己来看看。我真的很担心——她可能死了。"

"什么？"波洛从被子里跳了起来，"布里奇特小姐死了？"

"我认为——我认为有人杀害了她。那里有——有血迹，哦，您快来吧！"

"当然、当然，我马上就来。"

波洛非常实用主义地套上了他出门穿的鞋子，在睡衣外披了一件有毛皮衬里的大衣。

"我这就来，"他说，"我马上来。你通知其他人了吗？"

"不，除了您我还没告诉其他人。我认为这样好一些。外公外婆还没有起床。有人在楼下摆早餐，但我还没跟佩维里尔说。布里奇特在房子的另一头，靠近露台和书房的窗户那边。"

"我明白了。带路吧，我跟着你们。"

科林扭过头隐藏他的窃笑，带着波洛一路走下楼，从边门走了出去。太阳刚升上地平线，早晨的空气十分清新。雪已经停了，但昨晚那场大雪让一切都覆盖在白茫茫的雪下，像盖着厚厚的地毯。世界看上去纯洁、雪白而美好。

"在那里！"科林气喘吁吁地说，"在、在那儿！"他戏剧性地指向前方。

整个场景确实非常富有戏剧性。在几码之外，布里奇特躺在雪地上。她穿着猩红色的睡衣，脖子上围着一条白色的羊毛围巾，上面沾着些深红色。她的脸转向一侧，藏在散开的黑发下。一只手压在身下，另一只伸出来握成拳头状。红色的污渍正中竖着库尔德弯刀的刀柄，莱西上校前一天晚上才向宾客们展示过这把刀。

"我的上帝！"波洛高声叫道，"看起来像舞台上的布景一样！"

迈克发出微弱的哽咽声，科林赶紧开了口。

"我知道，"他说，"这看起来不像真的，对吧。您看到那些脚印了吗，我想我们不应该破坏它们，对吧？"

"啊，是的，脚印。是的，我们必须小心，不要破坏这些印迹。"

"我也是这么认为的。"科林说，"这就是为什么我不让任何人靠近她，直接去找您过来。我想您知道应该怎么做。"

"无论如何，"赫尔克里·波洛尖酸地说，"首先，我们必须确定她是不是还活着，不是吗？"

"是的，当然。"迈克有些顾虑地说，"但您看，我们以为——我的意思是，我们不想——"

"啊，你们很谨慎！你们看了侦探小说，知道最重要的是不要动现场的任何东西，将尸体保持原样。但我们还不确定它是不是尸体，不是吗？毕竟，虽然谨慎值得赞赏，人性还是第一位的。我们应该在想到警察之前先想到医生，不是吗？"

"哦，是的。"科林说，语气有些惊讶。

"我们只是认为——我的意思是——我们只是觉得在找您来之前，我们不应该做任何事情。"迈克匆忙说。

"那么你们留在这里，"波洛说，"我从另一边走过去，这样就不会破坏这些足迹了。这脚印太完美了，你们不觉得吗？如此

43

清晰。一名男性与一个女孩一起走到了她现在躺着的地方，然后男性的足迹走了回来，女孩却没有。"

"这一定是凶手的脚印。"科林屏气说道。

"完全正确。"波洛说，"这是凶手的脚印。一双又长又瘦的脚，穿着造型特别的鞋子。很有趣。我想这很容易辨识。是的，这些脚印很重要。"

这时，德斯蒙德·李·沃特利和萨拉一起从屋里走了出来，加入他们。

"你们究竟在这儿做什么？"德斯蒙德以一种夸张的口吻询问道，"我从我卧室的窗户看到了你们。发生了什么？天哪，那是什么？那看起来像是——"

"正是如此。"赫尔克里·波洛说，"看起来像是谋杀，不是吗？"

萨拉倒吸了一口气，然后怀疑地看了两个男孩一眼。

"你是说有人杀了那个女孩——她叫什么来着——布里奇特？"德斯蒙德问，"谁会想要杀她呢？难以置信！"

"有很多事情难以置信，"波洛说，"尤其是在早餐之前，不是吗？你们的俗语，早餐前的六件不可思议的事情。"他补充道，"请你们全部在这里等着。"

他小心地绕到另一边，靠近布里奇特，弯下身去。科林和迈克都极力憋住笑，身体抖了起来。萨拉走到他们身边，低声道："你们两个想干什么？"

"好样的，布里奇特。"科林耳语道，"不觉得她很棒吗？甚至没有抽动一下！"

"我还从来没有见过什么东西像布里奇特这么像死人。"迈克低声说。

赫尔克里·波洛站起身来。

"这是个可怕的事件。"他说，声音中带有之前所没有的情绪。

就快憋不住的迈克和科林同时转过身去。迈克断断续续地说："我们——我们应该做什么？"

"只有一件事可以做了，"波洛说，"我们必须报警。有人愿意去打个电话吗，或者你们希望我去？"

"我想，"科林说，"我想——迈克，怎么办？"

迈克说："我想玩笑应该结束了。"他往前走了一步，第一次显得有些不太自信。"我真的很抱歉，"他说，"我希望您不要太介意。这是一个圣诞玩笑，仅此而已。我们想为您创造一场谋杀。"

"你们想为我创造一场谋杀？可是这个——这个——"

"这只是我们演的一场戏，"科林解释说，"为了让您感觉宾至如归。"

"啊，"赫尔克里·波洛说，"我懂了。你们跟我开了个愚人节的玩笑是吧？但今天不是四月一日，是十二月二十六日。"

"我们确实不该这么做。"科林说，"可是——可是——您不会很介意吧，波洛先生？布里奇特，够了，"他喊道，"起来吧。你应该已经冻得半死了。"

然而，雪中的女孩一动不动。

"这真是奇怪。"赫尔克里·波洛说，"她看上去听不到你们的声音。"他若有所思地看着他们，"你说这是个玩笑。你确定这是个玩笑？"

"为什么这么问？当然是的，"科林有些不舒服起来，"我们……我们没想做什么坏事。"

"那为什么布里奇特小姐还没有起来呢？"

"我也不知道。"科林说。

"够了吧，布里奇特，"萨拉不耐烦地说，"不要继续躺在那儿当傻瓜了。"

"我们真的很抱歉，波洛先生。"科林担心地说，"我们诚心地道歉。"

"你们不用道歉。"波洛用一种奇特的语调说道。

"您是什么意思？"科林盯着他，然后再次转向布里奇特，"布里奇特！布里奇特！发生了什么？为什么她不起来？为什么她还躺在那儿？"

波洛向德斯蒙德招了招手，道："李·沃特利先生，请过来一下。"德斯蒙德依言过去了。

"探一下她的脉搏。"波洛说。

德斯蒙德·李·沃特利弯下身，摸了摸布里奇特的手臂和手腕。

"没有脉搏……"他看着波洛，"她的手臂已经僵硬了。天哪，她真的死了！"

波洛点了点头。"是的，她死了。"他说，"有人把一场闹剧变成了悲剧。"

"有人——谁？"

"雪地上有一串来回的脚印，这串脚印和您刚刚从那边走到这里留下的脚印很相似，李·沃特利先生。"

德斯蒙德·李·沃特利转过身去。

"什么意思——你在指控我？我？你疯了！我究竟为什么要杀这个女孩？"

"啊，为什么？我也想知道……让我们看看……"

波洛弯下身去，小心地掰开了女孩紧握着的僵硬的手指。

德斯蒙德倒抽了一口冷气。他难以置信地低头盯着死去的女孩，她手里攥着的似乎是一块硕大的红宝石。

"这是布丁里的那个该死的东西！"他叫道。

"是吗？"波洛说，"你确定？"

"我当然确定。"

德斯蒙德迅速弯下腰，从布里奇特的手中拿走了红色的石头。

"你不应该这么做，"波洛责备道，"不应该破坏现场。"

"我又没有移动尸体不是吗？但这个东西可能——可能会不见，它是证据。最重要的事情是尽快把警察叫来。我现在就去打电话。"

他回身飞快地跑回屋子。萨拉迅速地走到波洛的身边。

"我不明白，"她脸色惨白地低语道，"我不明白。"她抓着波洛的胳膊，"您说脚印……是什么意思？"

"您自己看看吧，女士。"

走到女孩身边又走回去的脚印跟刚刚走到波洛这边看女孩尸体又回去的脚印一模一样。

"您的意思是——那是德斯蒙德的脚印？胡说！"

突然，汽车的噪声打破了清新的空气。众人转身，清楚地看到一辆车以疯狂的速度沿着车道开了出来。萨拉认出了那是谁的车。

"是德斯蒙德，"她说，"那是德斯蒙德的车。他——他一定是没有打电话而是选择直接去找警察来了。"

戴安娜·米德尔顿从房子里跑出来加入了他们。

"发生了什么？"她气喘吁吁地问，"德斯蒙德刚刚跑进屋子里，说什么布里奇特被杀了，他慌乱地拿起电话但没有声音，他说一定是有人把电话线给切断了。他说现在只能开车去叫警察

47

了。为什么要叫警察……"

波洛做了一个手势。

"布里奇特?"戴安娜盯着他,"但是,这肯定是一个玩笑之类的吧?我昨晚听到了一些声音。我以为他们要跟您开一个玩笑。"

"是的。"波洛说,"原本的计划是这样的——跟我开一个玩笑。现在,我们先回到屋子里去吧,所有人。大家会在这儿冻死的。我们现在什么都做不了,只能等李·沃特利先生从警察局回来。"

"但看看这里,"科林说,"我们不能——我们不能就这么把布里奇特一个人留在这儿。"

"你待在这里也不能为她做什么了。"波洛温柔地说,"来吧,这是一个很令人伤心的悲剧,但我们无法再为布里奇特小姐做什么了。都到屋子里去暖和一下,喝点茶或者咖啡。"

他们顺从地跟着他回到了屋子里。佩维里尔正准备鸣钟。即便他觉得家里的大部分人都在屋外,而且波洛穿着睡衣披着大衣的样子非常奇怪,也没有流露出半分。年老的佩维里尔依旧是个完美的管家,没有被吩咐去关注的事情他一概当作没看见。众人走进餐厅坐下,当每人面前都摆着一杯咖啡开始啜饮时,波洛开口了。

他说:"我必须告诉你们一些此事的背景。我不能透露所有的细节,但可以说一个大概。这件事关乎一位年轻的国王,他来到这个国家,带着一件著名的珠宝,打算为即将迎娶的女士重新打造这件珠宝。但不幸的是,在这之前,他和一位非常美貌的年轻女子相识了。这位年轻的女士并不是很在意这个年轻人,但她非常在意他的珠宝,终于有一天,她带着这件在他家族流传了几

48

代的传家之宝消失了。可怜的年轻人进退两难，他绝对不能有丑闻，因此他不能去找警察，于是他找到了我，赫尔克里·波洛。'帮我找回传家的红宝石吧。'他说。这位年轻女士，她有一位朋友，这个朋友参与了一些非常可疑的活动，比如敲诈和在海外倒卖珠宝的买卖。他一直很聪明，虽被怀疑，但从来没有被抓到。有人告诉我，这位非常聪明的先生即将在这里度过圣诞节。问题是那位女士，得到珠宝之后她就需要消失一段时间，这样大家就无法向她施压，询问珠宝的下落了。因此，她被安排到金斯莱西来，表面上装作是那位聪明先生的妹妹——"

萨拉惊呼了一声。

"哦不，哦不，不是这里！不要跟我说是在这里！"

"但事实正是如此。"波洛说，"我用了一点小小的手段，让自己也成了圣诞节这里的客人。大家以为这位年轻的女士刚刚出院，在这里待了几天后她感觉好多了。但之后一位新客人也来到了这里，一个侦探——一个知名的侦探。于是，如你们所说，她又紧张兮兮的。她把红宝石藏在了能想到的第一个地方，接着假装病情发作，躺回床上去了。她不希望我见到她，因为毋庸置疑，我有她的照片，会认出她来。是的，她必须待在自己的房间里，由她的哥哥给她送食物，虽然这样的日子对她来说一定很无聊。"

"那么红宝石呢？"迈克问。

"我想，"波洛说，"在听说我到达的时候，这位年轻的女士正在厨房里跟你们说笑，搅拌圣诞布丁。圣诞布丁被放进了模具里，而这位年轻的女士也把红宝石藏到了其中一个模具中。不是我们在圣诞节准备吃的那个布丁，当然不是，她知道那个布丁在特殊的模具里。她把红宝石放在了准备在新年吃的布丁里面。她

49

准备在新年之前就离开，而当她离开时，圣诞布丁无疑将跟她一起消失。不过命运作弄了她。圣诞节的早上发生了一件意外，装在华丽的圣诞模具里的布丁掉到了石板地上，模具摔碎了。那么怎么办呢？好心的罗斯太太把另一个布丁拿了出来，送上了餐桌。"

"天哪，"科林说，"你是说圣诞节那天外公吃布丁时吃到的那个，是真的红宝石？"

"正是如此。"波洛说，"你们可以想象德斯蒙德·李·沃特利先生看到那颗红宝石时的心情。好了，之后发生了什么呢？红宝石被四处传看，我检查了一下它，然后装作若无其事地把它收到了我的口袋里。不过有一个人注意到我做了什么。当我躺在床上睡觉时，他到我的房间搜了一遍，甚至搜查了我。但他没有发现红宝石，为什么呢？"

"因为，"迈克喘着粗气说，"你把宝石给了布里奇特，你是这个意思吧。所以就是为什么——但我不太明白——我的意思是——到底发生了什么？"

波洛对他微笑了一下。

"现在到书房来吧。"他说，"看看窗外，我将向你们展示一些东西，或许可以解开疑惑。"

波洛带路，大家跟着他来到了书房。

"再认真看一次犯罪现场。"波洛说。

他指向窗外，所有人同时吸了一口气。没有尸体躺在雪中，除了被踩乱的雪，没有任何发生过悲剧的痕迹。

"这一切不是做梦吧。"科林软弱无力地说，"我是说——有人把尸体搬走了？"

"哈，"波洛说，"你明白了吗？消失的尸体之谜。"他点着头，温柔地眨了眨眼。

"天哪，"迈克说，"波洛先生，你——你不会——哦，快看那儿！他从头到尾都骗倒了我们。"

波洛的眼睛闪着光。

"是的，我的孩子们，我也开了一个小玩笑。我事先就知道你们的小骗局了，所以在你们的骗局中又策划了一个骗局。哦，布里奇特小姐，我希望除了让您躺在雪中之外，没有发生更糟糕的事情吧？如果您得了肺炎，我是不会原谅自己的。"

布里奇特此刻走进了房间。她穿着一条厚裙子和一件羊毛套头衫。她大笑着。

"我送了一些花草茶到你的房间，"波洛严厉地说，"你喝了吗？"

"哦，喝一点就够了！"布里奇特说，"我没事的。我完成得怎么样，波洛先生？天哪，您让我戴的那个压脉器弄得我的胳膊到现在还在疼。"

"你实在太棒了，我的孩子。"波洛说，"太棒了。不过你看，其他人都还很困惑。是这样的，我昨晚找了布里奇特小姐，告诉她我知道你们的小阴谋了，问她是否能为我也表演一部分。她做得很聪明，用李·沃特利先生的鞋子伪造了脚印。"

萨拉尖声说道："但这一切是为了什么呢，波洛先生？把德斯蒙德派去找警察又是为了什么？警察发现自己被愚弄了会很生气的。"

波洛温和地摇了摇头。

"我可不认为李·沃特利先生会去找警察，小姐。"他说，"他不想掺和到谋杀里来，他被吓坏了。他所看到只是拿到红宝石的机会。他抢了宝石，假装电话坏了，冲出去要去找警察，其实开着车跑了。我想短时间内你不会再见到他了。据我所知，他有离开英国的方法。他有自己的飞机，不是吗，小姐？"

萨拉点了点头。"是的。"她说，"我们本来计划着——"她打住了。

"他计划让你跟他用这种方式私奔，对吗？确实，这是一种很好的走私珠宝的方法。当你跟一个女孩私奔，而这事众所周知时，你就不会同时被怀疑将传家珠宝走私出境了。是的，私奔是个很好的幌子。"

"我不相信这一切。"萨拉说，"我一个字都不相信！"

"那么，问问他的妹妹吧。"波洛说，用下巴示意站在后面的一个人。萨拉猛地转过了头。

一位淡金发女子站在门口。她穿着一件毛皮大衣，绷着脸，显然正在发火。

"妹妹个鬼！"她说，令人不悦地冷笑了一声，"那个下流的家伙根本不是我哥哥！他拿了好处，让我来担当罪名？整件事是他的主意！是他让我这么做的！他说这一切轻而易举，因为他们害怕有丑闻所以不会报警，我也完全可以说阿里是自己把传家之宝送给我的。本来我要和那个卑鄙的家伙在巴黎分赃的，结果他现在丢下我跑了！我真想杀了他！等我离开这儿——"她突然换了个话题，"有人能帮我叫辆出租车吗？"

"有一辆车正在门口等着送您去车站呢，女士。"波洛说。

"你想好了所有的事情，是吧。"

"绝大部分。"波洛得意地说。

但是，波洛并没有这么容易就逃脱。当他帮助假冒的李·沃特利小姐坐上等在门口的车子后回到餐厅时，发现科林正等着他。

他那张孩子气的脸上愁眉不展。

52

"但是波洛先生，红宝石呢？可别说你让他拿着红宝石跑了。"

波洛的脸色沉了下来。他捻了捻胡子，看上去有些不安。

"我会把它找回来的。"他不太有把握地说，"还是有其他的方法，我还是有可能——"

"哦，我就知道！"迈克说，"那个卑鄙的浑蛋拿着红宝石就这么跑了！"

布里奇特比较敏锐。

"他又一次骗了我们。"她高声道，"是吧，波洛先生？"

"让我们进行最后一个魔术表演吧，小姐。摸摸我左边的口袋。"

布里奇特把手伸了进去。再把手抽出来时高举着一颗闪烁着深红色光芒的红宝石，她发出了胜利的尖叫。

"你看出来了，"波洛解释说，"之前我让你紧紧握住的那颗，是玻璃仿制品，是我从伦敦带来的，以防万一需要的时候用来调包的。你们明白吧？我们不希望出现任何丑闻。德斯蒙德先生会试图在巴黎或者比利时或者其他有联系人的地方处理那颗红宝石，到时他将会发现那块石头不是真的！还有什么结果比这更让人兴奋呢？所有事情都有个好结局。丑闻避免了，王储找回了他的红宝石，他清醒过来，回到自己的国家，我们祝福他拥有一个愉快的婚姻。所有一切都很完美。"

"除了我。"萨拉喃喃道。

她的声音很小，除了波洛没人听到。波洛温和地摇了摇头。

"你错了，萨拉小姐。您在这段经历中得到了经验，所有的经验都是宝贵的。我预言，一定有幸福在将来等着您。"

"这不过是你说的。"萨拉说。

"但是，波洛先生，"科林皱着眉头道，"您怎么会知道那是我们跟您开的玩笑呢？"

"我的工作就是要知道各种各样的事情。"波洛捻着他的小胡子说道。

"我懂。但我不明白的是，您是怎么做到的。是有人说漏嘴了吗？有人来找您，跟您说了我们的计划吗？"

"不、不，不是那样的。"

"那您是怎么做到的？告诉我们！"

其他人纷纷应声道："请告诉我们！"

"不行。"波洛抗议道，"如果我告诉你们我是如何推理出来的，你们会觉得平淡无奇。这就像魔术师向别人泄露魔术的秘密一样。"

"告诉我们吧，波洛先生！快，告诉我们吧！"

"你们真的希望我解开这最后一个秘密？"

"是的，请告诉我们吧。"

"啊，我不认为应该这么做。你们会很失望的。"

"别这样，波洛先生，告诉我们。您是如何知道的？"

"好吧，是这样的。那天喝完下午茶，我坐在书房窗边的椅子上休息。睡了一会儿醒来的时候，刚好听到你们站在窗外讨论你们的计划，当时最上面的那扇窗是开着的。"

"就这样？"科林懊恼地叫了起来，"这么简单！"

"看吧，"赫尔克里·波洛微笑着说，"你看，你们失望了。"

"好吧，"迈克说，"不管怎么说，现在我们知道所有的真相了。"

"是吗？"赫尔克里·波洛自言自语道，"我还没有。而我的工作是要知道所有的事情。"

54

他走进门厅，微微摇了摇头，大概是第二十次从口袋里掏出那张有些弄脏了的纸片。

"不要吃圣诞布丁。来自一个希望你一切安好的人。"

赫尔克里·波洛若有所思地摇了摇头。他这样一个能解释所有事情的人却无法解释这张纸条！这真是奇耻大辱。是谁写了这张纸条？为了什么？他不知道真相就不得安宁。突然，一声奇特的喘息让他从沉思中回过神来。他目光锐利地看过去，看到一个浅黄色头发，穿着花罩衫，正拿着簸箕和扫帚忙碌的人，此人双眼圆睁，盯着波洛手上的纸片。

"哦，先生，"人影说，"哦先生，请不要责怪我，先生。"

"请问你是谁，我的孩子？"波洛和蔼地问。

"安妮·贝茨，先生。请不要责怪我，先生。我是来帮罗斯太太的。我不是故意，先生，我不是故意多管闲事的。我是出于好心，先生。我的意思是，为了您好。"

波洛恍然大悟。他拿着那张肮脏的纸片。

"安妮，这是你写的？"

"我不想伤害任何人，先生。真的，我从来没有想过伤害别人。"

"你当然不想，安妮。"他对她笑着说，"但请告诉我，为什么你会写这样一张纸条呢？"

"是因为他们两个人，先生。李·沃特利先生和他的妹妹。我敢肯定她不是他的妹妹，我们没有人相信她是！而且她也没生病，我们都看得出来。我们认为——我们都认为——有什么可疑的事情正在发生。我可以直接告诉您，先生。我在她的梳洗室里更换浴巾时听到了房间里的他和她在谈话。我听到他们在发牢骚。'那个侦探，'他说，'那个要来这里的侦探波洛，我们得想办法解决掉他。我们必须要快，让他没法来妨碍我们。'然后他压低声音，用一种卑鄙阴险的口气说：'你放在哪里了？'她说：'在布丁里。'哦，先生，我的心跳停了一拍，我都以为它再也不跳了。我认为他们打算在圣诞布丁里下毒害您。我不知道该怎么办！罗斯太太是不会相信我这类下人的话的。我想到可以提醒您。于是我写了这张纸条放在您的枕头上，这样您在上床睡觉的时候就可以看到它了。"安妮屏住气，停止了讲述。

波洛认真地打量了她几分钟。

"我想安妮，你看了太多耸人听闻的电影了。"他终于开口了，"或者是电视节目？不过重要的是你很善良，而且机智。等我回到伦敦之后会送你一份礼物的。"

"哦，谢谢您先生。太感谢了，先生。"

"安妮，你想要什么礼物呢？"

"任何我喜欢的东西都可以吗，先生？我可以要我喜欢的任何东西吗？"

"只要是合理的要求。"赫尔克里·波洛慎重地说，"是的。"

"哦，先生，我能要一个化妆包吗？像李·沃特利先生的妹妹的那个一样——哦，她不是他妹妹——真正时髦的新款包，可以吗？"

"当然，"波洛说，"当然，我想我可以做到。"

"真有趣。"他又沉思道，"之前在博物馆看到一些来自巴比伦或者其他那类地方出土的文物，那是几千年前的东西了，中间就有一些化妆盒。女人的内心几千年来都没有什么变化。"

"您在说什么，先生？"安妮问。

"没什么。"波洛说，"我在反思人性。你会得到你的化妆包的，孩子。"

"哦，谢谢，先生。真是太感谢您了，先生。"

安妮狂喜地离开了。波洛看着她的身影，满意地点了点头。

"啊，"他自言自语道，"现在我可以走了。这里已经没有其他事情需要处理了。"

一双手悄悄地从后面伸了过来，出人意料地抱住了波洛的肩膀。

"如果你能站在槲寄生下面的话——"布里奇特说。

6

赫尔克里·波洛惬意地享受着这一切。他对自己说，他度过了一个非常愉快的圣诞节。

西班牙箱子之谜 ————

1

赫尔克里·波洛和往常一样，准时走进了莱蒙小姐所在的小房间。莱蒙小姐是他精明能干的秘书，正等着波洛吩咐她今天的工作。

莱蒙小姐的脸乍看上去像是全部由棱角构成，这倒也满足了波洛对于对称的喜好。

不过，并不是说赫尔克里·波洛对精密几何图形的喜好延伸到了对女性的审美上。正好相反，他曾经是很传统的。他也有过欧洲大陆式的偏见，热爱曲线——或者可以说热爱充满肉欲的曲线。他曾经喜欢非常女性化的女性，奢靡、花哨而具有异域风情的那种。曾经有一位俄国伯爵夫人就是——但那是很久以前了，在他愚蠢的年轻时代。

不过他从来没有把莱蒙小姐当作女性来看待。她像是一部人类机器——一部精密的仪器，效率实在是太棒了。她四十八岁，非常幸运地完全不具备任何想象力。

"早上好，莱蒙小姐。"

"早上好，波洛先生。"

波洛坐了下来，莱蒙小姐把早晨的邮件分好类、整齐地摆在他的面前，然后坐回自己的座位，拿着纸笔等待着。

不过今天早上与往常有些不同，波洛颇有兴趣地翻阅着他自己带来的晨报。报纸的粗体大标题写着：

西班牙箱子之谜。最新发展。

"我猜，你已经看了今天的晨报了，莱蒙小姐？"

"是的，波洛先生。来自日内瓦的新闻并不怎么让人安心。"

波洛挥了挥手臂，将日内瓦的新闻扫开了。

"西班牙箱子，"他沉思着说，"莱蒙小姐，你能告诉我西班牙箱子到底是什么吗？"

"波洛先生，我猜那是指来自西班牙的箱子。"

"你这么猜想是完全合理的。除此之外，对于西班牙箱子，你不知道其他任何专业知识了？"

"我相信它们一般是伊丽莎白一世时代的作品。大，装饰了很多黄铜。如果保养打磨得当，会看起来非常不错。我姐姐在打折的时候买了一个，她把家里的亚麻制品都保存在里面，看起来很不错。"

"我确定在你所有姐妹的家中，家具都被保养得很好。"波洛说着，优雅地鞠了一躬。

莱蒙小姐伤心地回答说，现在的仆人们似乎都不知道什么是苦干了。波洛看上去有点困惑，但他决定不进一步深究神秘的短语"苦干"的意思。

他再次看了看报纸，细细琢磨着上面的名字：里奇少校，克莱顿夫妇，麦克拉伦司令，斯彭斯夫妇。他所知的仅仅是名字，但这些名字包含了人性的所有，爱、恨与恐惧。这是一出与他赫尔克里·波洛毫无关系的剧目，但他想参与其中！六个人在房间里举办晚宴，墙边放着一个硕大的西班牙箱子。五个人在那儿交谈、吃自助餐、在留声机上放唱片、跳舞，而第六个人却死在了西班牙箱子里……

波洛想，他的好朋友黑斯廷斯会多么享受这一切啊！他会迸发浪漫的奇思妙想，说出各种愚蠢的猜测！啊，亲爱的黑斯廷斯，今天，此刻，我是多么想念他，而不是——

他叹了口气，看了一眼莱蒙小姐。莱蒙小姐已经掀开了打字机的防尘罩，准备开始一些书信的收尾工作。她此刻已经敏感地觉察到，波洛没有心情口述任何书信。然而她对装着尸体的不祥西班牙箱子毫无兴趣。

波洛又叹口气，低头看着报纸上的照片。新闻报纸的印刷质量一直不太好，这张照片毫无意外是模糊不清的，但这是怎样的一张脸呀！

克莱顿太太，被谋杀的男士的妻子……

激动之下，他把报纸塞给了莱蒙小姐。

"看看。"波洛坚持道，"看看这张脸。"

莱蒙小姐顺从地看了一眼，面无表情。

"莱蒙小姐，你对她有什么想法？这是克莱顿太太。"

莱蒙小姐看着报纸，随意地扫了一眼照片，回答道："她有点像我们还住在克罗顿希夫的时候，见过的银行经理的太太。"

"有趣。"波洛说，"你是否能详细地跟我描述一下那位银行经理的妻子？"

"波洛先生，那不是什么令人愉快的故事。"

"想来也是。请继续。"

"当时有很多关于亚当斯太太和一个年轻艺术家的闲言碎语，然后亚当斯先生就开枪自杀了。但是亚当斯太太不肯和另外那位结婚，年轻艺术家试图服毒自杀，但被救了下来。最后亚当斯太太嫁给了一名年轻的律师。我相信在那之后还发生了更多的麻烦，不过因为我们那时搬离了克罗顿希夫，所以我知道的就这么多。"

波洛严肃地点了点头。

"她很漂亮吗？"

"嗯，并不能说很漂亮，但她似乎有一种特殊的吸引力——"

"正是如此。她们那种迷惑世人的魅力到底是什么！比如特洛伊的海伦[①]，克利奥帕特拉女王[②]……"

莱蒙小姐往她的打字机里使劲儿地塞了一张纸。

"波洛先生，说真的，我从来没有想过这些。我认为这个问题很愚蠢。如果大家都能做好自己的工作而不去考虑这些事情就好了。"

抛弃了人性的软弱和感性的莱蒙小姐，手指悬空停在打字机的按键上，不耐烦地等待着允许她开始工作的指示。

"这是你的观点。"波洛说，"而此刻，你只想继续你的工作。但是莱蒙小姐，你的工作不仅仅是帮我收信、整理文件、接电话、打印书信——当然，这些事情你都做得非常好。但是我不仅要处理文件，还需要处理人。这方面，我也需要助理。"

"当然，波洛先生。"莱蒙小姐耐着性子回答道，"你需要我做什么？"

"我很感兴趣这个案子。我希望你能研究一下今天早上的所有报纸上关于这个案件的报道，以及如果今天的晚报还有附加报道的话，也一起归纳进去，为我做一份详尽的事实摘要。"

"好的，波洛先生。"

波洛无可奈何地笑着回到自己的起居室。

"真是讽刺，"他自言自语道，"在我亲爱的朋友黑斯廷斯之

---

①希腊神话中宙斯与勒达之女，被称为"世上最美的女人"。她和特洛伊王子帕里斯私奔，引发了特洛伊战争。
②埃及艳后，古埃及托勒密王朝最后一任法老，为了巩固自己的统治先后成为恺撒和安东尼的情人。

后是莱蒙小姐。这世界上还能有反差更大的两个人吗？亲爱的黑斯廷斯，他如果在这儿，会多么享受这一切。他会来回走动，谈论这个案件，给每个细节都安上最浪漫化的设想，如同相信真理般相信报纸上印的关于案件的每个字。而我可怜的莱蒙小姐，我叫她去做的事她完全不享受！"

莱蒙小姐拿着一张打印好的表格准时进来了。

"波洛先生，我收集了你所想要的信息。不过恐怕它们并不可靠，各家报纸的报道差异很大。我认为这里所列的事实可能还达不到百分之六十的准确性。"

"这可能是个保守的估计。"波洛喃喃道，"莱蒙小姐，感谢你不辞辛劳做的整理。"

事件耸人听闻，不过很清晰。查尔斯·里奇少校，一位富裕的单身汉，在自己的住处为几位朋友举办了一个晚宴。这些朋友包括克莱顿夫妇、斯彭斯夫妇，以及约克·麦克拉伦司令。约克·麦克拉伦司令、里奇少校和克莱顿夫妇是很多年的老朋友了。斯彭斯夫妇是他们最近刚刚认识的一对年轻夫妻。阿诺德·克莱顿先生在财政部工作。杰里米·斯彭斯先生是一位资历尚浅的政府公务员。里奇少校四十八岁，阿诺德·克莱顿五十五岁，麦克拉伦司令四十六岁，杰里米·斯彭斯三十七岁。克莱顿太太据说"比丈夫年轻几岁"。晚宴开始前，克莱顿先生突然有急事要去苏格兰，无法出席，他要搭乘八点十五分从国王十字火车站出发的火车。

晚宴正常进行，每个人看上去都很开心。这个晚宴不是那种所有人都喝得烂醉的狂野宴会，大约十一点四十五分就结束了，四位客人搭乘同一辆出租车一起离开。麦克拉伦司令在他的俱乐部门前第一个下了车，之后斯彭斯夫妇把玛格丽特·克莱顿夫人送到了斯隆街旁的卡迪根花园，再回到他们自己在切尔西的家。

尸体是第二天早晨被里奇少校的男仆威廉·伯吉斯发现的。他不住在少校家里，而是每天一早过来，在叫醒里奇少校起来喝早茶之前先清理好起居室。在清理房间的时候，伯吉斯吃惊地发现，浅色的地毯上有一大摊污渍，而地毯上就摆着那个西班牙箱子。污渍似乎是从箱子下面扩散出来的，男仆立刻打开箱子的盖子查看，他惊恐地发现了克莱顿先生脖子被刺穿的尸体。

伯吉斯遵从了自己的本能反应，冲出房子找来了附近的警察。

案情大致如此，另外还有一些细节。警察立刻通知了克莱顿太太，她"昏了过去"。她于前一晚六点多最后一次见到她的丈夫。他那天回到家时很烦躁，说要去苏格兰处理跟房产有关的急事，让他的妻子独自赴宴。之后，克莱顿先生去了他和麦克拉伦司令共同的俱乐部，跟司令喝了一杯，解释了一下情况。然后他看着表说，他该出发去里奇少校家解释一下情况，然后去国王十字火车站。他之前已经尝试着打电话给里奇少校，但似乎线路有些问题。

根据威廉·伯吉斯的回忆，克莱顿先生在七点五十五分到达，里奇少校不在家，不过随时都会回来。因此伯吉斯建议克莱顿先生进屋等一等。克莱顿说他时间不够了，解释说他要去国王十字火车站赶火车，不过想进屋留张字条。男仆将他带到起居室，然后回到厨房继续准备晚餐的吐司。他没有听到主人回家的声音，不过大概十分钟之后，里奇少校来厨房让他赶快出去买一些土耳其卷烟，这是斯彭斯太太最爱抽的烟。男仆照做了。他买好了烟之后把它拿到了起居室给他的主人，那时克莱顿先生已经不在房间里了。不过男仆自然地认为克莱顿先生是离开去赶火车了。

里奇少校的说法很简单。他回家的时候克莱顿先生不在房间里，他不知道克莱顿先生来过，也没有见到任何留给他的字条。他是在克莱顿太太和其他人到了之后，才第一次听说克莱顿先生去苏格兰了。

当晚的报纸上还有两条新消息。"吓昏过去"的克莱顿太太已经离开了卡迪根花园的房子，应该是去跟她的朋友一起住了。

第二条消息是印在突发消息的加印栏的。查尔斯·里奇少校已被逮捕，并以谋杀阿诺德·克莱顿的罪名被起诉。

"事情结束了。"波洛说着，抬头看莱蒙小姐，"里奇少校被逮捕是意料之中的。不过这真是个奇特的案件，非常奇特的案件！你不觉得吗？"

"我猜奇怪的事情天天发生，波洛先生。"莱蒙小姐丝毫不感兴趣地说。

"哦，当然！这样的案件每天都在发生，或者说几乎每天都发生。不过通常都很容易理解——虽然令人痛苦。"

"这肯定是让人不快的事情。"

"被刺死之后塞进一个西班牙箱子里，对被害者来说肯定不是愉快的经历——极度不愉快。但当我说这是一个奇特的案子的时候，我指的是里奇少校奇特的行为。"

莱蒙小姐用厌恶的语气说道："有报道说里奇少校和克莱顿太太关系非常亲密……这只是记者的猜测，不是已被证实的事实，所以我没有把它列进信息中。"

"你做得对。这不过是最容易想到的推测。你还有什么想说的吗？"

莱蒙小姐看上去面无表情。波洛叹了口气，怀念起他的朋友黑斯廷斯丰富的想象力。和莱蒙小姐讨论案情是一件费力的事情。

"假设这位里奇少校爱上了克莱顿太太——这是合理的……他想要除掉她的丈夫——这也是合理的，但如果克莱顿太太也爱他，他们发展了一段婚外情，又为什么要急着处理她的丈夫呢？也许，克莱顿先生不同意离婚？不过我想说的不是这些。里奇少校是一名退伍军人，有人说军人都不聪明，但是，不论怎么样，这个里奇少校总不能是个傻子吧？"

莱蒙小姐没有回答，她把这句话当作了纯修辞学上的问题。

"好吧，"波洛说，"你怎么看这个案子？"

"我怎么看？"莱蒙小姐有些吃惊。

"是的——你！"

莱蒙小姐强迫自己思考了一下案情。她只有在被要求的时候才开动脑筋对事情做出猜测，空闲的时候想的都是超级完美的归档系统，那是她唯一会动脑子想的事情。

"好吧……"她说了一句，就停了下来。

"你只要告诉我发生了什么——我的意思是，你认为那天晚上发生了什么。克莱顿先生在起居室留字条，里奇先生回来了——然后呢？"

"他看到克莱顿先生。他们——我猜他们发生了争吵。里奇少校拿刀捅了克莱顿先生。然后，当他发现自己做了什么的时候，他——他把尸体塞进了箱子里。毕竟，我猜，客人们随时会到。"

"是的、是的。客人们来了！尸体藏在箱子里。一夜过去了，客人们离开了。然后——"

"嗯，然后，里奇少校应该是回房休息了——哦！"

68

"哈。"波洛说，"你现在明白了吧。你杀了一个人，把他的尸体藏在箱子里。然后——你平静地回房间睡觉了，一点都没被你的男仆明天早上就会发现尸体这点所干扰。"

"我猜，也许男仆可能不会打开箱子看？"

"在箱子下面的地毯上有一大摊非常显眼的血迹的情况下？"

"也许里奇少校没有发现血迹。"

"他都不检查一下，这样不会太不小心了吗？"

"我敢说他当时很不安。"莱蒙小姐说。

波洛绝望地挥了挥手。

莱蒙小姐抓住机会匆忙离开了房间。

2

严格来说，西班牙箱子之谜跟波洛没有关系。他此刻正在调查一起敏感的案件，一家石油企业的一名高层可能参与了一些可疑的交易。这是一起机密案件，事关重大，有巨大的利益牵扯其中，需要波洛投入很多精力。这个案子还有一个好处，那就是不需要什么体力劳动。它复杂、冷酷无情，属于最高级的犯罪。

西班牙箱子之谜则富有戏剧性和感性，这正好是波洛认为黑斯廷斯总是过于夸大的两个特质。他在这点上对亲爱的黑斯廷斯过于严苛了，结果他现在却做着他的朋友很可能会做的事情，对美女、激情犯罪、嫉妒、仇恨和其他一些浪漫的谋杀理由着迷！他想了解这个案子，想知道里奇少校是个什么样的人，他的男仆伯吉斯是什么样的人，玛格丽特·克莱顿夫人是什么样的人（虽然他相信他知道），以及去世的阿诺德·克莱顿先生是什么样的人（鉴于他是被害者，他的为人是谋杀案里最重要的一点）。他甚至想知道忠实的朋友麦克拉伦司令，和他们最近刚认识的斯彭斯夫妇是什么样的人。

但他不知道应该怎么满足自己的这种好奇心。

当天迟些时候，他重新审视了一遍已知的事实。

为什么这件事让他这么感兴趣？他思考后确定，这是因为——就所知的事实来看——这整件事情近乎不可能！是的，这里有些欧几里得式的意味。

从可以理解的情况开始说，两名男士发生了争吵。假设，这是因为一名女性而发生的。一名男士盛怒之下杀了另一名男士。是的，这是可能发生的——虽然更合理的情况应该是丈夫杀死了情人，不过这里是情人杀了丈夫，用一把匕首捅死了他（？）——一件不合理的凶器。也许里奇少校的母亲是意大利人？肯定有什么原因让他选择用匕首作为凶器。总之，匕首出现了（有些报纸上说是短剑），它就在手边，并且被使用了。尸体被藏进了箱子里，这符合常理，也是不可避免的。这桩杀人案不是预谋谋杀，因为男仆随时会回来，四位客人也即将到达。把尸体藏在箱子里，看上去是唯一的方法。

晚宴照常举办，客人离开了，男仆早就回家了——然后，里奇少校回房睡觉了！

想要理解到底怎么会发生这样的事情，就必须见一见里奇少校，看看他是怎样的人。

会不会是为了克服被自己所做的事受到的惊吓，以及经过了一个假扮一切正常的漫长夜晚所承受的压力，少校吃了某种安眠药或者镇静剂，结果药剂使得他陷入昏睡，比平时起得晚？很有可能。或者会不会是这样，像是心理学家所喜欢的那样，里奇少校潜意识里对自己所犯下的罪行感到愧疚，并希望它被揭发？要搞明白到底是怎样的原因，就一定要见一见里奇少校。这又回到了最根本的问题——

电话铃响了。波洛任由它响了一会儿才想起莱蒙小姐在把要他签署的信件给他之后就回家了，而乔治可能也出门了。

他拿起了话筒。

"波洛先生？"

"请说！"

"哦，太棒了。"波洛听到一个迷人的女性声音，微微眨了眨眼，"是阿比·查特顿。"

"啊，阿比·查特顿勋爵夫人。我能为您提供什么帮助吗？"

"如果您能尽快赶来参加我正在举办的一个简单而可怕的酒会，就帮了我的忙了。不仅仅是为了酒会——其实是为了另外一件不相关的事情。我需要您。这很重要。请您一定、一定、一定不要拒绝我！不要说您没办法来。"

波洛并不准备拒绝。查特顿勋爵除了是一名贵族，不时在上议院发表一些沉闷的演说之外，并没有什么特别。但查特顿勋爵夫人却是被波洛称为上流社会的交际圈里最耀眼的人物之一。她无论说什么做什么都能成为新闻。她拥有的智慧、美貌、创造力和精力，足够推动火箭将其发射上月球。

她又一次说道："我需要您。您就整理一下您可爱的胡须，然后来吧！"

波洛并没有马上出发。他先精心打扮了一番，然后整理了一下胡须才出发。

查特顿勋爵夫人那幢令人愉快的房子坐落在切瑞顿街，门半掩着，如动物园里的动物在打斗一般的声响从门里传来。查特顿勋爵夫人正和两位大使、一名外国橄榄球运动员和一名在电视中扮演过美国传教士的人交谈着。看到波洛，她像扒手一样干脆利落地迅速丢下他们，走到波洛的身边。

"波洛先生，真高兴见到您！不，别喝那个糟糕的马丁尼了。我为您准备了一种特殊的饮品——一种阿拉伯酋长们在摩洛哥喝的糖浆，在我楼上的小房间里。"

她带着波洛走上楼，中途停下脚步回头说："我没有把这些人打发走，是因为不能让人知道这里发生了特别的事情，这很重要。我还承诺仆人们如果就这件事保密的话，会给他们一笔重赏。毕竟，没有人希望自己的家被记者包围。可怜的人，她已经经历了太多了。"

查特顿勋爵夫人并没有在二楼平台停下脚步，而是继续往上一层楼走。

赫尔克里·波洛有些惶惶不安地吸了口气，跟了上去。

查特顿勋爵夫人最终停下了脚步，朝楼梯扶手看了一眼，然后猛地打开一扇门叫道："玛格丽特，我请到他了！我请到他了！他来了！"

她得意扬扬地走到一旁，让波洛走进房间，然后迅速地介绍说："这位是玛格丽特·克莱顿，她是我非常非常好的朋友。您会帮助她的，对吗？玛格丽特，这位是伟大的赫尔克里·波洛。他会为你做所有你想做的事情的——您会的，对吧，亲爱的波洛先生？"

她没有等波洛回答，显然认为波洛一定会答应（查特顿勋爵夫人此生并不是无缘无故被称为被宠坏的美人的）。说完她猛地冲出门，下了楼梯，有些轻率地回头大喊："我必须要回到那些可怕的人当中去了……"

坐在窗边椅子上的女性起身向波洛走来。即使查特顿勋爵夫人没有提起她的名字，波洛也能认出她来。这就是那位寡妇，正是照片上的那位寡妇，黑色的头发像翅膀一般散开，灰色的眼睛分得有些开。她穿着一件贴身的高领黑色长袍，勾勒出美丽的身体线条，衬托着木兰花般白皙的皮肤。她的长相很独特，并非特别漂亮，是那种意大利早期绘画中偶尔会看见的比例有些奇特的脸。她身上有一种中世纪式的单纯感，一种独特的纯洁无瑕感，这可能比充满肉欲的成熟感更具有致命的吸引力，波洛想。她说话时带着一股孩童般的坦率。

"阿比说您会帮助我……"

她的眼神中带着询问，认真地看着他。

波洛在原地安静地站了一会儿，仔细地打量着对方。但不是粗鲁无礼地打量，而更像是一位著名的医生在观察他的新病人。

"夫人，您确定吗，我可以帮您？"他终于开口说道。

她的脸微微发红。

"我不明白您什么意思。"

"夫人，您想让我做什么？"

"哦。"她看起来有些吃惊，"我以为——您知道我是谁？"

"我知道您是谁。您的丈夫被杀了——被刺死的。一位叫里奇的少校因此被捕，并以谋杀罪被起诉了。"

她的脸更红了。

"里奇少校没有杀害我的丈夫。"

波洛立马追问道："为什么没有？"

她困惑地看着对方："请问您是什么意思？"

"我让您感到困惑了，因为我没有问那个每个人都问的问题，警察、律师，等等。'为什么里奇少校要杀阿诺德·克莱顿？'我问了个相反的问题。夫人，我问您，为什么您确信里奇少校没有杀他？"

"因为，"她略略停了一下，"因为我非常了解里奇少校。"

"您很了解里奇少校。"波洛重复了一遍，声调毫无变化。

他顿了一下，接着厉声问道："有多了解？"

他猜不出她是否理解了他的意思。他想，这个女人要不就是非常单纯，要不就是异常狡猾……他猜想应该有很多人摸不准玛格丽特·克莱顿……

"有多了解？"她疑惑地看着他，"五年——不，将近六年了。"

"我想问的并不是这个……请您理解，夫人，我必须问您一个无礼的问题。您可能会告诉我实话，可能会撒谎，对女性来说，有时撒谎是必要的。女性需要保护自己，谎言可以是一个很好的武器。不过夫人，有三种人，女性应该对他们说实话，她的神父、她的理发师和她的私家侦探——如果她信任他的话。您相信我吗，夫人？"

玛格丽特·克莱顿深深地叹了一口气。

"是的。"她说，"我相信。"接着又补充了一句，"我必须相信您。"

"很好，那么，您想让我做什么——找到杀害您丈夫的凶手吗？"

"我想是这样的——是的。"

"但是最重要的是，您希望我帮助里奇少校洗清嫌疑？"

她迅速地用力点了点头。

"就是这样？仅此而已？"

但他发现这是一个无效的问题。玛格丽特·克莱顿是那种一次只能关注一件事的人。

"现在，"波洛说，"我要问无礼的问题了。您和里奇少校，你们是情人，对吗？"

"您的意思是，我们在偷情？没有。"

"但是他爱您？"

"是的。"

"而您——也爱他？"

"我想是的。"

"您看上去不太确定？"

"我确定——我现在确定。"

"啊！那么，您并不爱您的丈夫？"

"不。"

"您的回答简单明了，令人敬佩。大多数女性会冗长地解释她们具体的感受。你们结婚多久了？"

"十一年了。"

"您是否能告诉我一些关于您丈夫的事情。他是个怎么样的人？"

她皱了皱眉头。

"这很难回答。我并不太清楚阿诺德是个怎样的人。他很安静，很有距离感。没人知道他在想什么。他很聪明，当然，所有人都说他很机智——我的意思是，在工作上……他并不……我应该怎么说呢……他从来不解释他的行为……"

"他爱您吗？"

"哦，当然，应该是。不然他不会这么在意……"她突然停了下来。

"另一个男人？这是您想说的吗？他忌妒另一个男人？"

她又一次开口了。"他应该是忌妒了。"然后，意识到这个回答需要进一步解释，她又继续说："有时，他几天都不说话……"

波洛若有所思地点了点头。

"这是您身边第一次发生这类暴力事件吗？"

"暴力事件？"她皱着眉头，脸红了起来，"您是指……那个开枪自杀的可怜男孩？"

"是的。"波洛说，"这正是我所说的。"

"我不知道他是怎么想的……我为他感到难过。他看上去很害羞，很寂寞。我想他应该很神经质。还有两位意大利人，一场决斗——那件事简直是胡闹！不过没人被杀，真是谢天谢地……老实说，他们两个我谁都不在乎！也从来没假装过在乎。"

"不。您只是站在那儿！而您在哪儿，哪里就有事情发生！我以前见过这样的情况。正是因为您不在乎，那些人才被逼疯了。但您在乎里奇少校。因此——我们必须做我们能做的事情……"

波洛沉默了几分钟。

她严肃地坐在那里看着他。

"我们刚刚从性格这个话题开始说，这通常是非常重要的，现在来说说清晰的事实吧。我只知道报纸上写的内容。根据那上面罗列的事实，只有两个人有机会杀死您的丈夫，也只有那两个人可能杀死他——里奇少校和他的男仆。"

她斩钉截铁地说："我知道查尔斯不会杀他。"

"那么，必然是那个男仆了。您同意吗？"

她有些迟疑地说："我理解您的意思……"

"但是您不太相信是这样的？"

"这看起来太——异想天开了！"

"然而却有可能。鉴于您丈夫的尸体是在那间房子被发现的，证明他毫无疑问去过那里。如果男仆的说法是真的，就是里奇少校杀了他。但如果男仆的故事是假的呢？那么，男仆杀了他，然后在他主人回来之前把他的尸体藏起来了。在他看来，这是非常完美的处理尸体的方法。他只要在第二天早晨'注意到血迹'，然后'发现'它就可以了。嫌疑会立即落到里奇的身上。"

"但是他为什么会想要杀阿诺德呢？"

"为什么？动机肯定不是显而易见的——不然警察早就开始调查了。有可能是您丈夫知道了男仆的什么秘密，然后准备将这件事告知里奇少校。您的丈夫有跟您提起过这个男仆伯吉斯吗？"

她摇了摇头。

"您认为他会这么做吗——如果他确实知道什么的话？"

她皱了皱眉。

"很难说。可能不会。阿诺德很少提别人的事。我告诉过您，他对人很有疏离感。他不是——从来都不是一个健谈的人。"

"他是一个会隐藏自己想法的人……那么，您对伯吉斯有什么印象呢？"

"他是那种很容易忽略的人。一个恰到好处的好用人，得体，但不会过于精心打扮。"

"年龄多大？"

"三十七八岁，我认为。战时在部队里做过勤务兵，不过不是一名正规军人。"

"他跟了里奇少校多久了？"

"不是很久，大概一年半吧。"

"您从来没有注意到这位先生对您的丈夫有任何奇怪的举止？"

"我们并不经常去那里。不，我没有注意到任何不对劲的事情。"

"现在告诉我那天晚上的情况。您被邀请几点去参加晚宴？"

"八点十五分到达，晚宴八点半开始。"

"那是一场什么类型的晚宴？"

"嗯，有酒，有自助餐——餐点都很不错，有鹅肝酱和热吐司，有烟熏大马哈鱼，有时还会有一种米饭类的菜肴，是查尔斯在近东的时候学到的一个特别做法，不过一般冬天才有。然后会有音乐，查尔斯带立体音响的唱片机，我丈夫和约克·麦克拉伦都很喜欢古典音乐。还有舞曲——斯彭斯夫妇热爱跳舞。大概就是这样的，不是那么正式的晚宴。查尔斯是个很好的主人。"

"那个晚上跟以前的晚宴一样吗？您是否注意到任何不正常的事情或任何不对劲的地方？"

"不对劲的地方？"她皱了一会儿眉头，"您这么说，我——不，我想不起来了。是有什么……"她又一次摇了摇头，"不，那晚没有任何不对劲的地方。我们玩得很开心。所有人看起来都很放松且愉快。"她颤抖了一下，"一想到这整个晚上——"

波洛迅速打断了她。

"不要想这件事。那件让您丈夫必须赶去苏格兰的事情，您知道多少？"

"不是太清楚。我丈夫在那里拥有一块土地，出售条件出现了一些争议。买卖看上去进行得很顺利，结果交易突然中止了。"

"您丈夫具体是怎么跟您说的？"

"他拿着一份电报进来，我记得他说：'这太烦人了。我必须搭夜班车去爱丁堡，明天一早去见约翰斯顿……我还以为所有事情都进展得很顺利呢，这真是太糟了。'之后他说：'我需要打电话给约克，让他来接你吗？'我说：'完全没有必要，我自己能搭出租车。'他说约克或者斯彭斯夫妇可以送我回家。我问他是不是需要打包一些行李，他说他只需要随便丢一些东西到包里，然后在赶火车之前去俱乐部吃点东西。之后他就走了，然后——然后这就是我最后一次见到他。"

在说出最后几个词的时候她有些哽咽。

波洛盯着她。

"他是否给您看了那封电报？"

"没有。"

"真遗憾。"

"您为什么这么说？"

波洛没有回答这个问题，而是飞快地说："那么来谈正事。谁是里奇少校的辩护律师？"

她告诉了他，他记下了地址。

"您是否可以写几句话向他们解释一下情况？我想去见一见里奇少校。"

"他——他已经被扣押一个星期了。"

"自然。逮捕程序是这样的。您是否能再写一张条子给麦克拉伦司令和您的朋友斯彭斯夫妇？我也想见见他们，想聊几句，而不会立刻被他们请出来。"

玛格丽特从书桌边站了起来，波洛说："还有一件事。我会自己观察，不过我希望您向我描述一下您对麦克拉伦司令和斯彭斯夫妇的印象。"

"约克是我们的老朋友了，我还是小孩的时候就认识他。他看上去是一个严厉的人，但其实很亲切。他一直如此，总是很可靠。他不是那种会让人开心愉快的人，但他很坚强，阿诺德和我都很倚重他的判断。"

"而他，毫无疑问也爱着您？"波洛微微眨了眨眼。

"哦，是的。"玛格丽特愉快地回答，"他一直爱着我。不过到现在，这已经成为一种习惯了。"

"那么斯彭斯夫妇呢？"

"他们很有趣，作为晚餐的伙伴很不错。琳达·斯彭斯是个聪明的女孩。阿诺德喜欢与她交谈，她很有魅力。"

"你们是朋友吗？"

"她和我？算是吧。我不知道自己是不是真的喜欢她。她太有心计了。"

"她的丈夫呢？"

"哦，杰里米让人愉快。他精通音乐，还很了解绘画。我们一起去了很多次画展……"

"啊，很好，我该走了。"波洛跟她握了握手，"我希望，夫人，您不会后悔找我帮忙。"

"我为什么会后悔呢？"她瞪大了眼睛。

"没人知道之后会怎么样。"波洛神秘地说。

"而我——我也不知道。"走下楼梯的时候他又自言自语道。鸡尾酒会还在闹腾着，他小心避开，不被人逮到，离开房子走到街上。

"不。"他重复道，"我也不知道。"

他在想玛格丽特·克莱顿。

看上去如孩童般坦率，纯洁无瑕——真的是这样的吗？或许她还有所隐藏？中世纪的时候就有她这类女性——历史无法认同的女性。他想到了玛丽·斯图亚特[1]，苏格兰女王。在柯克欧菲尔德宫的那晚，她是否知道将要发生什么？她是否是完全无辜的？那些谋反者是否什么都没有告诉她？她是否属于那种孩子般单纯的女性，跟自己说"我不知道"，然后就相信了自己的说辞？波洛感受到了玛格丽特·克莱顿的魅力，但他无法确定她是哪类人。

这类女性可能本身是清白的，但会引发犯罪。

这类女性也可能是有意引导他人犯罪，而自己不动手。

像玛格丽特·克莱顿这样的人是不会亲自动刀的——不，他不知道！

3

赫尔克里·波洛发现里奇的辩护律师不太配合，他们并不希望他做任何事情。

他们虽没有明说，却在试图暗示波洛，克莱顿太太委托他来调查，对自己的利益没有任何好处。

波洛前来拜访他们只是想"走个正规程序"。为了能与嫌疑犯见面，他还得忍受内政部和刑事调查部的推托。

米勒督察负责克莱顿的案子，波洛不太喜欢他。不过他对波洛并没有敌意，只是有些瞧不起他。

"不要跟那个老头浪费时间。"在波洛出现之前，他对他的副

---

①玛丽·斯图亚特（Mary Stuart，1543—1558），苏格兰女王，以美貌和才华闻名。她的第二任丈夫在柯克欧菲尔德宫被暗杀，她声称自己是毫不知情的受害者，但当时许多苏格兰贵族认为是她谋杀了她的丈夫。有谋反者以她的名义策划推翻伊丽莎白一世的统治，她坚持声称自己完全不知情，最终仍旧被伊丽莎白一世以叛国罪处死。后文讲述的就是这件事。

探长说，"不过，我们还是必须表现出礼貌。"

"如果您能推翻这个案子，就会像从帽子里变出一只兔子一样，波洛先生。"他很愉快地说，"除了里奇，没有人能够杀了那家伙。"

"除了男仆。"

"哦，我同意男仆是一个可能性！但您什么也发现不了。没有任何动机。"

"这一点可不能完全确定，动机是一个神奇的东西。"

"好吧，他跟克莱顿先生没有任何关系。他的履历非常清白，而且看上去脑子很清醒。我不知道您还想要什么？"

"我想证明里奇没有犯下这宗罪行。"

"好让那位女士满意，嗯？"米勒督察不怀好意地笑了起来，"我想您是被她迷住了吧。她真是了不起，不是吗？复仇的女人。您知道，如果有机会的话，她可能会自己动手。"

"自己动手，不可能！"

"您没见过吧。但我见过这类女人，杀了好几任丈夫，那双无辜的蓝眼睛连眨都不眨，而且每次都伤心欲绝。陪审团都想宣判她无罪——但他们没有机会，案子铁证如山。"

"好吧，我的朋友，我们不要吵了。我冒昧前来，是想问你一些细节问题。报纸上登出来的是新闻，但不一定是事实真相！"

"大众需要娱乐。你想知道什么？"

"准确的死亡时间。"

"死亡时间无法精确推断，因为尸检是第二天早上才做的。预估的死亡时间是尸体发现之前的十到十三小时。也就是说，在之前那晚的七点到十点……他被刺穿了颈静脉——应该是瞬间毙命的。"

"凶器呢？"

"一种意大利匕首——很小，非常锋利。之前没人见过，也没人知道它是从哪里来的。不过我们最终会知道的……需要时间和耐心。"

"不可能是在争吵的时候凶手顺手拿起来的。"

"不可能。男仆说房子里没有这样的东西。"

"让我感兴趣的还有电报。"波洛说，"那封催阿诺德·克莱顿去苏格兰的电报……那封电报所说的事情是真的吗？"

"不是。苏格兰那边没出任何问题。土地转让，或随便什么吧，都在正常进行。"

"那么，是谁发了那封电报——我猜是有电报的吧？"

"应该有吧……虽然我们不相信克莱顿太太的说法，但克莱顿也告诉男仆他收到了一封电报，叫他去苏格兰。他还对麦克拉伦司令说了。"

"他是几点去见麦克拉伦司令的？"

"他们一起在俱乐部联合服务吃了点东西——那时大概是七点十五分。接着克莱顿坐出租车去了里奇家，八点前到了那儿。那之后就——"米勒摊了摊手。

"那晚有人注意到里奇的行为举止有什么奇怪的地方吗？"

"哦，你知道人都这样。一旦有什么事情发生了，人们就认为他们注意到了什么，但我打赌他们什么都没看到。斯彭斯太太现在说他一整晚都心不在焉，回答问题经常答不到点子上，看上去似乎'有什么心事'。我打赌他肯定有，如果他把一具尸体藏在箱子里的话！他在想该怎么处理它！"

"可他为什么没有处理？"

"这个问题问倒我了。可能是失去了勇气。不过把它留到第二天，确实是个疯狂的举动。那晚是最佳时机。看门人不在，他可以把车开出来，把尸体装进后备厢——他那辆车的后备厢很大——开到乡下的什么地方，扔在那儿。搬运尸体上车时他可能会被目击到，不过他的房子在小街上，车道边是个花园。在比如说凌晨三点，他完全有机会这么做。而他做了什么呢？上床睡觉，第二早晨还起晚了，醒来时发现警察在他的家里！"

"他睡了个好觉，一个无辜的人才可能这样。"

"你愿意这么认为就这么认为吧。不过你真的相信吗？"

"我想在见到嫌疑人之后再回答这个问题。"

"你认为如果他是无罪的你能看得出来？不是那么简单的。"

"我知道不是那么简单——我也没说我能做到。我只是想确定一下，那个人是不是真有那么蠢。"

4

波洛决定在见过其他所有人之后再去见查尔斯·里奇。

他第一个拜访的是麦克拉伦司令。

麦克拉伦身材高大，肤色黝黑，不善言辞。他有一张凹凸不平但令人愉快的脸。他很害羞，不太容易交谈。不过波洛不屈不挠。

拿着玛格丽特的字条，麦克拉伦有些不情愿地说："好吧，如果玛格丽特想让我告诉您我所知道的一切，我当然会照做。不过我不知道还有什么可说的，您已经听过整件事了。只是玛格丽特希望的话，我总会照办——从她十六岁的时候起就是这样了。她很有办法，您知道的。"

"我知道。"波洛说，继续问道，"首先，我需要您坦率地回答一个问题。您认为里奇少校是凶手吗？"

"是的，我这么认为。我不会这么跟玛格丽特说的，既然她认为他是无罪的。但我实在看不到其他可能性。见鬼了，那个家伙必定是有罪的。"

"他和克莱顿先生之前有什么过节吗？"

"完全没有。阿诺德和查尔斯是最好的朋友。就是这一点让整件事看起来非常不可思议。"

"也许里奇少校和克莱顿太太的友谊——"

波洛的话被打断了。

"呸！那些鬼话。所有的报纸都在狡黠地暗示……该死的含沙射影！克莱顿太太和里奇是好朋友，仅此而已！玛格丽特有很多朋友，我也是她的朋友，我们是朋友很多年了，没有什么大家不知道的事情。查尔斯和玛格丽特也是一样的。"

"您从没想过他们可能在偷情？"

"当然没有！"麦克拉伦愤怒地说，"别听斯彭斯那个泼妇的话，她的话没一句可信。"

"但也许克莱顿先生怀疑他妻子和里奇少校之间有点什么。"

"我可以告诉你，他们完全没有！如果有的话，我会知道的。阿诺德和我很亲近。"

"他是个怎样的人？如果说有谁了解他的话，应该是您了。"

"嗯，阿诺德是一个安静的小伙子。但他聪明——非常聪明，我相信。他拥有人们所说的一流的经济头脑。你知道，他在财政部的职位很高。"

"我听说了。"

"他读很多书，收集邮票，还很喜欢音乐。他不跳舞，对社交也不怎么感兴趣。"

"您认为，他们的婚姻幸福吗？"

麦克拉伦司令没有立刻回答这个问题。他看上去像在思考。

"这类事情很难说……是的，我认为他们是幸福的。他以自己安静的方式全心全意对她。我确定她喜欢他。他们不像要分开的样子，如果这是你在想的事情的话。他们可能没有太多共同点。"

波洛点了点头。他得到了他想知道的信息。他说："现在，请告诉我最后那天晚上的事情。克莱顿先生和您一起在俱乐部吃饭时，他说什么了吗？"

"他告诉我要去苏格兰，且看上去对此事很焦虑。顺便说一下，我们并没有一起吃晚餐，时间不够了。他吃了些三明治，喝了一杯。我则只喝了一杯。我之后要去参加自助晚宴，您还记得吧。"

"克莱顿先生提到过一封电报吗？"

"提了。"

"但他并没给您看那封电报？"

"没有。"

"他是否说过他要去里奇那里？"

"没有说得很肯定。事实上他说他怀疑可能时间不够了。他说：'玛格丽特可以解释，你也可以。'然后他说：'你可以送她回家吗？'然后他就走了。一切都很自然随意。"

"他完全没有怀疑那封电报可能是假的吗？"

"是假的？"麦克拉伦司令看上去被吓到了。

"很显然。"

"这可真奇怪……"麦克拉伦司令进入了一种近乎恍惚的状态，然后突然又说，"这真的很奇怪。我的意思是，这么做有什么意义？为什么会有人想要他去苏格兰？"

"是的，这是一个必须解决的问题。"

赫尔克里·波洛离开了，留下看上去仍为此事困惑不已的司令。

5

斯彭斯夫妇住在切尔西的一栋小房子里。

琳达·斯彭斯以极高的热情迎接波洛的到来。

"告诉我，"她说，"告诉我玛格丽特现在如何！她在哪里？"

"我不能告诉您，夫人。"

"她把自己藏得很好！玛格丽特在这类事情上很聪明。不过我猜她还是会被召上法庭做证的吧？她没有办法逃避法庭的传召。"

波洛以审视的眼光看着她，不情愿地承认她在现代审美里是挺有吸引力的（如果放在过去，则像个营养不良的孤儿）。不是他欣赏的类型。头发蓬松凌乱，艺术性地围着脸蛋，脸上几乎没有化妆，唯一的光彩是鲜艳的口红，一双精明的眼睛正看着波洛。她上身穿一件浅黄色的大毛衣，下摆几乎盖到膝盖，下身穿一条紧身的黑裤子。

"您的角色是什么呢？"斯彭斯太太问道，"想办法把男朋友弄出监狱？是这样吗？想得倒是挺美！"

"您认为……他是有罪的吗？"

"当然。不然还会是谁？"

波洛心想，这正是最大的问题。他以另一个问题回避了这个问题。

"您觉得里奇少校那晚看上去怎么样？和平时一样吗？还是

87

不同于往常？"

琳达·斯彭斯带有审判意味地眯起了眼睛。

"不，他不像平日里的他。他——很不一样。"

"如何不一样？"

"当然，如果你刚刚冷血地刺死了一个人——"

"但您当时并不知道他刚刚冷血地刺死了一个人，对吗？"

"不，当然不知道。"

"那您是怎么觉得他变得'不一样'的？怎么个不一样呢？"

"哦——他心不在焉的。我不知道，只是之后回想起来，总觉得当时一定有点什么。"

波洛叹了口气。

"那天晚上谁最先到的？"

"我们，吉姆①和我。然后是约克，最后到的是玛格丽特。"

"克莱顿先生去了苏格兰这件事，最先是什么时候提起的？"

"玛格丽特来的时候提起的。她对查尔斯说：'很抱歉，阿诺德他必须赶去爱丁堡，坐夜车去了。'然后查尔斯说：'哦，这真是太糟糕了。'然后约克说：'对不起，我以为你早知道了。'然后我们就开始喝酒了。"

"里奇少校有没有提起那晚见过克莱顿先生？他没说克莱顿在去车站的路上顺路找过他吗？"

"至少我没听到。"

"那个电报很奇怪，不是吗？"波洛说。

"有什么奇怪的？"

"它是假造的。爱丁堡那边没有人知道这件事情。"

---

①杰里米的昵称。

"原来是这样，我当时就觉得奇怪。"

"您有什么想法？"

"应该说我觉得它太明显了。"

"您具体是什么意思？"

"亲爱的先生，"琳达说，"没有必要扮无辜了，一位不知名的骗子把丈夫骗开了！那天晚上的障碍清除了。"

"您的意思是，这是里奇少校和克莱顿太太设计的，为了那晚能共度良宵。"

"你已经听说过这事了，对吧？"琳达看起来很愉快。

"您认为那封电报是他们之中的一个发的？"

"如果是的话，我是不会吃惊的。"

"您认为里奇少校和克莱顿太太有私情？"

"这么说吧，如果他们确实有点什么的话，我是不会吃惊的。但我并不确定。"

"克莱顿先生怀疑过吗？"

"阿诺德是个了不起的人。他把什么都藏在心里，如果你明白我的意思的话。我认为他知道，但他是那种绝对不会说出来的人，外人都认为他是一个没有感情的木头，不过我很肯定他的内心并不是那样的。如果是阿诺德捅了查尔斯，我反倒不会那么吃惊。我觉得阿诺德是一个会疯狂忌妒的人。"

"这很有趣。"

"不过，我说真的，更有可能的情况是，他杀了玛格丽特。《奥赛罗》① 那种剧情。您知道，玛格丽特对男性特别有吸引力。"

---

①莎士比亚著名悲剧之一，奥赛罗以为妻子出轨，杀了妻子之后自杀。

"她是位漂亮的女性。"波洛轻描淡写地说。

"不仅如此，她很有办法。她能让男人兴奋起来——为她发狂——然后她会转过身，睁圆了眼睛吃惊地看着他们，这一招能让他们全部沦陷。"

"致命的女性。"

"这可能是这类人的外国叫法。"

"您很了解她吗？"

"我的天哪，她是我最好的朋友之一——但我一点都不相信她！"

"啊。"波洛说，然后把话题转到了麦克拉伦司令身上。

"约克？忠诚的老朋友？他就是只宠物，生来就是那家人的朋友。他和阿诺德非常亲密。我想阿诺德在他面前比在任何人面前都放松。当然，他还是玛格丽特驯养的猫。他为她默默奉献了很多年。"

"克莱顿先生是否也忌妒他呢？"

"忌妒约克？您怎么想到的啊！玛格丽特很喜欢约克，但她对他从来没有那种想法。真的，我不认为任何人会……我不知道为什么……真可惜。他是一个非常好的人。"

波洛又将话题转到了男仆身上。但除了说他调的边车很好之外，琳达·斯彭斯对伯吉斯似乎一无所知，事实上她好像几乎没有注意过他。

不过她领悟得很快。

"我猜，您在想，他跟查尔斯一样有机会杀了阿诺德？但在我看来这根本不可能。"

"您这么说让我很失望，女士。但在我看来，目前的推断也不太可能发生——虽然您可能不会同意——不是说里奇少校不可能杀阿诺德·克莱顿，而是他不太可能以这种方式杀了他。"

"用匕首？是的，这确实不符合他的性格，他更像是会用钝器的人。或者可能会勒死他？"

波洛叹了口气。

"让我们回到《奥赛罗》的话题。是的，《奥赛罗》……您给了我一点想法……"

"是吗？是什么——"这时传来开锁和开门的声音，"哦，杰里米回来了。您想和他也谈谈吗？"

杰里米·斯彭斯是一个三十岁出头、长得不错的男性，穿戴精致，甚至有些过头了。斯彭斯太太说她最好去厨房看看砂锅里的菜，就离开了，留下两个男人。

杰里米·斯彭斯完全不像他的妻子那样坦诚。他显然非常不想掺和到这个案子里。他的回答很谨慎，毫无价值。他们认识克莱顿夫妇已有一段时间，但和里奇不太熟，他看上去是个令人愉快的人。在他的记忆里，里奇那晚和平时没什么不同。克莱顿和里奇一直相处和睦。这整件事看上去非常不可思议。

在对话的过程中，杰里米·斯彭斯很明确地表示希望波洛离开。他表现得很礼貌，但也达到目的了。

"我想，您肯定不想回答这些问题。"波洛说。

"哦，我们已经接受了警察的盘问，我觉得足够了。我们告诉了他们知道和看到的一切。现在……我想忘记这件事。"

"我同情您。被扯进这样的事情确实非常令人不快。不仅会被问知道什么、看到了什么，可能还会被问对于此事的想法？"

"我没有任何想法。"

"但这怎么可能呢？例如，您有没有想过克莱顿太太可能也参与其中？她是否和里奇一起策划谋杀她丈夫？"

"天哪，不。"斯彭斯的声音听上去震惊而慌张，"我从没想过这种可能性。"

"您的妻子没有提过这样的可能性吗？"

"哦，琳达！您知道女人什么样——总是互相捅刀子。玛格丽特从来不受同性的喜爱——她长得太漂亮、太有魅力了。但认为里奇和玛格丽特合谋策划谋杀的想法，实在太异想天开了！"

"这种事不新鲜了。而且这起案子里的凶器，比起男性，更像是女人所持有的。"

"您的意思是警察已经追查到她身上了——怎么能这样！我的意思是——"

"我还什么都不知道。"波洛老实地说道，然后匆忙逃走了。

根据斯彭斯脸上惊慌失措的表情，波洛相信他让这位男士有事情可想了！

6

"请原谅我这么说，波洛先生，不过我看不出您能怎么帮助我。"

波洛没有回答。他审视着这位被以谋杀朋友阿诺德·克莱顿的罪名起诉的男士。

他看着他坚毅的下巴，窄窄的额头。这位男士体格精瘦，肌肉发达，皮肤呈棕色，看上去像运动员。他面无表情，用毫无激情的声音迎接他的探访者。

"我很理解克莱顿太太派您来看我是出于好意。但坦白说，我认为她很不明智。对于她和我来说都是。"

"您的意思是？"

里奇紧张地回头看了一眼，狱卒站在规定的距离之外。他压低了声音。

"他们必须为这项荒唐的指控找一个动机。肯定会试图说克莱顿太太和我之间不清白。我相信克莱顿太太已经告诉您了，这不是真的。我们是朋友，仅此而已。这么一来，她不要为我做任何事情才比较明智。"

赫尔克里·波洛无视他的观点，而是挑出了他说的一个词。

"您说这是个'荒唐的'指控。但您知道，这并不荒唐。"

"我没有杀阿诺德·克莱顿。"

"那叫作错误指控，是说所指控的不是事实。但它并不荒唐。正好相反，它看起来非常合理，您应该很清楚这一点。"

"我只能告诉您，对我来说，它简直是异想天开。"

"这么说对您没有什么帮助，我们必须做一些更有作用的思考。"

"我有律师。他们跟我简单解释过了，我想他们到时会为我辩护的。因此我无法接受您使用'我们'这个词。"

波洛出乎意料地笑了起来。

"啊，"他以明显的外国人的方式说，"您这是在暗示不欢迎我呢。很好。我走。我想见一见您，现在我见到了。我查过您的履历。您高分考入桑赫斯特皇家军事学院，通过了参谋学院的考试，之后还经历了种种。今天，我亲眼见到您，并做出了判断。您不是一个愚蠢的人。"

"这跟案子有什么关系？"

"很有关系！像您这样有能力的人，是不可能以这种方式犯下一桩谋杀案的。很好，您是无辜的。现在跟我说说您的仆人伯吉斯。"

"伯吉斯?"

"是的。如果您没有杀克莱顿,那就只能是伯吉斯杀的,这个结论是必然的,但是为什么?一定有一个'为什么'。您是唯一了解伯吉斯到能稍微猜测一下原因的人。为什么,里奇少校,为什么?"

"我想不到,真的完全想不出来。哦,我以跟你一样的思路推理过。是的,伯吉斯有作案机会,他是除了我以外唯一有机会的人。问题是,我不能相信是他。伯吉斯不是那种会去杀人的人。"

"您的法律顾问怎么想?"

里奇抿紧了嘴唇。

"我的法律顾问花了很长时间以一种诱导的方式问我,是否长期患有突然失去知觉、不知道自己在做什么的疾病!"

"情况竟然这么糟糕了。"波洛说,"好吧,也许我们会发现,失去知觉的其实是伯吉斯。这总归是一个想法。来说说凶器吧。他们是不是已经给您看过凶器,并问是不是您的?"

"那不是我的。我从来没见过那东西。"

"当然不是您的。但您真的确定以前从来没有见过它吗?"

"没有。"他似乎稍微犹豫了一下,"那把刀是那种装饰性玩具——说真的,这类东西适合摆在房间里。"

"比如女士的会客厅。可能就在克莱顿夫人的会客厅里?"

"肯定没有!"

最后一个字说得非常大声,惹得狱卒看了过来。

"很好。肯定没有——您不需要喊出来。不过某个时候、在某个地方,您看到过类似的东西,嗯?我说得对吗?"

"我不这么认为……可能在……某家古董店里。"

"啊,非常有可能。"波洛站起身来,"我该走了。"

7

"现在，"赫尔克里·波洛说，"该伯吉斯了。是的，终于到伯吉斯了。"

通过直接交谈和间接描述，波洛已经对涉案人员有了一些了解。但是没有人向他描述过伯吉斯。没有一丝线索或者提示，说明他是怎样的一个人。

当他见到伯吉斯时，他知道这是为什么了。

麦克拉伦司令事先打电话过去通知，于是男仆在里奇少校的家里等着波洛。

"我是赫尔克里·波洛。"

"您好，先生，我在等您。"

伯吉斯恭敬地打开门，波洛走了进去。方形的小门厅左边是一扇打开的门，通往起居室。伯吉斯帮波洛脱下帽子和外套，跟着他走进了起居室。

"啊，"波洛四处打量了一下，"这里就是……事发的地方？"

"是的，先生。"

伯吉斯是个安静的家伙，脸色苍白，有一些瘦弱，肩膀和胳膊肘有些不灵活。他声音扁平，带些波洛分辨不出来是哪里的乡下口音，可能是东海岸某地。他似乎有些紧张，但除此之外看不出任何明显的性格特征。很难想象他是个会主动采取行动的人。存在被动的杀人犯吗？

他有一双浅蓝色眼睛，眼神闪烁，有人说这样的人都不诚实，这种说法未免不够谨慎。因为很多骗子都能大胆自信地看着你的脸。

"房子现在什么状况？"波洛问。

"我还在照看着，先生。里奇少校为我安排好了薪水，让我照看着，直到——直到——"

他的视线不安地移开了。

"直到——"波洛赞同道，又以一种阐述事实的方式补充道，"我必须说，里奇少校一定会被判刑。这个案子三个月内就会结案。"

伯吉斯摇了摇头，并非出于否认，只是表达困惑。

"这真的太不可思议了。"他说。

"你指里奇少校是杀人凶手这件事？"

"整件事。那个箱子——"

他的眼睛看向屋子的另一边。

"啊，所以这就是那个著名的箱子？"

箱子很大，是深色木头制成的，打磨得很亮，布满黄铜钉，还有一个巨大的黄铜搭扣和一把旧式锁头。

"很气派的东西。"波洛走了过去。

它靠墙放在窗边，旁边是一个现代风格的唱片架。另一边是一扇门，此时半开着，门前挡着一块色彩鲜艳的皮革屏风。

"那边是里奇少校的卧室。"伯吉斯说。

波洛点了点头，目光转向房间的另一边。那里有两部留声机，各自摆在一张矮桌上，拖着像蛇一样弯曲的电线。还有几把安乐椅和一张大桌子，墙上挂着一套日本画。这是个气派的房间，舒适，但不奢靡。

他又看回威廉·伯吉斯。

"发现尸体时，你应该受到了惊吓吧。"波洛温和地说。

"哦，是的，先生。我永远都不会忘记。"男仆的语速变快了，他滔滔不绝地说了起来。他可能觉得，通过不断讲述这个故事，最终或许可以从脑海中抹去这段记忆。

"先生，我每天早晨会在房间里走一圈，搞搞卫生，擦擦玻璃之类的。当时我停下来捡掉在地板上的橄榄，然后就看见地毯上有一块像铁锈一样的深色污渍。不，那块地毯已经送去清理了。警察检查完了。这是什么？我想。我还对自己开玩笑地说：'真像血迹！但它是从哪里流出来的？是什么东西洒了吗？'然后我发现是从箱子里流出来的——箱子侧面有个裂缝，这里。于是我又问自己：'这是什么——？'依旧什么都没想。然后我像这样打开了箱子（他一边说一边演示了一下），就看到了——一个男人侧躺在里面，看上去像是睡着了。一把恶心的外国小刀，或者匕首之类的东西，插在他的脖子上。我永远不会忘记的——永远！会跟随我一辈子！那种震惊——完全出乎意料，您明白的……"

他深深地呼了一口气。

"我松手让盖子自己盖下去，跑出房子、跑到街上，到处找警察——很幸运，我在街角找到了一位。"

波洛认真地看着他。如果这是表演的话，他表演得很逼真。他开始担心这可能并非表演——事情就是这么发生的。

"你第一个想到的不是去叫醒里奇少校？"波洛问。

"完全没想到，先生。当时我惊慌失措，我——我只想离开这里——"他咽了一口口水，"然后——找人帮忙。"

波洛点点头。

"那你是否意识到那是克莱顿先生？"他问。

"我应该认出来的，先生，但您知道，我相信当时我没有认出来。当我跟警察一起回来之后，我说：'怎么回事，这是克莱顿先生！'然后警察问：'谁是克莱顿先生？'我说：'他昨晚来过这儿。'"

"啊，"波洛说，"昨晚……你还记得克莱顿先生具体是几点到这里的吗？"

"无法精确到分。但我想大约在七点四十五……"

"你很熟悉他吗？"

"在我受雇的这一年半里，他和克莱顿夫人经常来访。"

"他看上去和平时一样吗？"

"我想是的。有一些气喘吁吁，但我认为那是因为他很赶时间。他要赶火车，至少他是这么说的。"

"他要去苏格兰，我猜他拎着一个包？"

"不，先生。我想他让出租车在楼下等着他。"

"当他发现里奇少校不在家的时候，表现得失望吗？"

"至少我没注意到。他只是说他会写一张字条。他走进这间屋子，走到桌边，我就回厨房了，我的凤尾鱼鸡蛋快来不及了。厨房在走廊尽头，听不见这里的动静。我没听到他离开或者主人回来的声音，不过我也没有特别去关注。"

"之后呢？"

"里奇少校叫我。他站在这扇门边，说他忘记买斯彭斯太太喜欢的土耳其卷烟了，让我赶快出去买。我照做了，然后放到这张桌子上。当然，我认为克莱顿先生那时已经离开去赶火车了。"

"里奇少校不在家，而你待在厨房的这段时间里，还有其他人来访吗？"

"没有，先生——没有其他人了。"

"你能确定吗？"

"怎么可能还有其他人，先生？来人肯定会按门铃。"

波洛摇了摇头。怎么可能还有其他人呢？他已经了解了斯彭斯夫妇、麦克拉伦和克莱顿夫人当天的行踪，恨不得精确到每一分钟。麦克拉伦和熟人在俱乐部，斯彭斯夫妇请了一些朋友来喝酒，直到晚宴开始前，玛格丽特·克莱顿这段时间里正在和朋友打电话。他不认为是他们中的任何一个。对这些人来说，要杀阿诺德·克莱顿，有太多机会比跟踪他到一个屋里有男仆，同时主人随时会回来的地方要好。不，他最后的希望是一个"神秘的陌生人"！一位曾出现在克莱顿那几乎完美无瑕的履历表上的人，在街上认出了他，跟踪他到这里，用匕首袭击了他，把尸体藏在箱子里，然后逃走。就是一出戏，没有理由，没有可能性！这颇具浪漫色彩的英雄主义小说情节倒是和西班牙箱子很配。

波洛穿过房间，走到箱子前，掀起盖子。盖子悄无声息地打开了。

伯吉斯怯怯地说："已经彻底清洗过了，先生，我看着他们干的。"

波洛弯下腰，轻轻惊呼了一声后弯得更低了。他用手指摩挲着箱子内部。

"箱子的背面和侧面有几个孔——它们看起来——摸起来，像是最近刚刚钻出来的。"

"孔，先生？"男仆弯下腰去检查，"这我就不知道了，我从来没注意到过。"

"不显眼，但确实有。你知道这些孔是用来做什么的吗？"

"我真的不知道，先生。也许是动物弄出来的，我的意思是虫子之类的。某种啃木头的虫子？"

"某种动物？"波洛说，"我表示怀疑。"

他退回到房间的另一头。

"当你拿着卷烟进来的时候，这个房间有什么地方看上去不太一样吗？任何地方？比如桌子、椅子被移动了……这类的？"

"您的问题很奇怪，先生……不过既然您这么问了，确实有。摆在那儿遮挡卧室门的屏风往左移动了一些。"

"像这样？"波洛敏捷地移动了一下屏风。

"再往左一点……就是这样。"

屏风之前安放的位置就遮住了半个箱子，现在几乎把整个箱子都藏了起来。

"你觉得为什么它会被移动？"

"我没想过，先生。"

（又一个莱蒙小姐！）

伯吉斯迟疑地补充道："我猜这样能让去卧室的通道更明显，以防女士们想去放一下披肩。"

"有可能。但还有可能是另外一个原因。"

伯吉斯好奇地看着他。

"这样屏风就把箱子挡住了，也遮住了箱子下方的地毯。如果里奇少校刺了克莱顿先生，血会马上从箱子底部的缝隙流出来。可能会有人发现——正如你第二天早上注意到的那样。因此屏风才被移动了。"

"我从来没这么想过，先生。"

"这间屋子里的光线怎么样，明亮还是昏暗？"

"我可以展示给您看，先生。"

男仆迅速拉上窗帘，打开了几盏灯。灯光柔和暗淡，几乎不能用来阅读。波洛抬头看了看天花板上的吊灯。

"那个灯没开，先生。我们很少用它。"

波洛在柔和的光线中四处看了看。

男仆说："我相信您看不见任何血迹的，先生，光线太暗了。"

"我认为你是对的。那么，为什么要移动屏风？"

伯吉斯打了一个寒战。

"这样想太可怕了——里奇少校那样的绅士居然会做这样的事情。"

"你认定是他做的？那他为什么要这么做，伯吉斯？"

"好吧，他经历过战争，可能头部受过伤，不是吗？他们说这种伤可能在几年后突然爆发。受伤的人会突然变得很奇怪，不知道自己在做什么。而且他们多半是对最亲近的人爆发。您认为有可能是这样的吗？"

波洛盯着他，叹了口气，转过身。

"不。"他说，"不是这样的。"

如变魔术一般，一张卷起的钱被塞进了伯吉斯的手中。

"哦，谢谢您，先生，但我真的不能——"

"你帮了我。"波洛说，"你带我看了房间，给我展示了房间里面的东西，告诉我那天晚上发生了什么。向来没有绝对的不可能！记住这一点。我之前说只有两种可能性——我错了。还有第三种可能性。"他又一次环视房间，微微颤抖了一下，"把窗帘拉开吧。让阳光和新鲜空气进来，这个房间需要它们，需要清扫。我想，可能要很长时间，这里才能被彻底净化——绵延的仇恨记忆。"

伯吉斯大张着嘴，将波洛的帽子和大衣递给他。他看上去十分困惑。而非常享受故作神秘的波洛，踏着轻快的脚步走到了街上。

8

波洛到家后给米勒督察打了一个电话。

"克莱顿的包查得怎么样了？他妻子说他带着一个包。"

"在俱乐部的门房那里找到了。他肯定是忘记了，没有拿上它就直接离开了。"

"里面有什么？"

"常规物品。睡衣、换洗的衬衫、洗漱用品。"

"清楚明白。"

"你以为会有什么？"

波洛无视了这个问题，他说："关于那把匕首。我建议你去找一个去过斯彭斯太太家工作的清洁女工，问问她是否在那里见过类似的东西。"

"斯彭斯太太？"米勒吹了一声口哨，"你的脑袋里在想什么？我们给斯彭斯夫妇看过那把匕首了，他们没有认出来。"

"再问他们一次。"

"你是不是认为——"

"然后告诉我他们说了什么——"

"我真搞不明白你在盘算些什么！"

"去读读《奥赛罗》，米勒。想一想《奥赛罗》里面的角色。我们忽略了其中的一个角色。"

他挂了电话。接着又拨去查特顿勋爵夫人那里。电话占线。

不久之后他又试了一次，还是没有接通。他叫来乔治，他的男仆，吩咐他不断地拨打这个电话号码，直到接通为止。他知道查特顿勋爵夫人是一个无可救药的煲电话粥狂人。

波洛坐在椅子上，小心地脱下黑漆皮鞋，活动了一下脚趾头，靠在椅背上。

"我老了。"赫尔克里·波洛说，"很容易就累了……"他面露喜色，"但是我的脑细胞，它们还在运转。缓慢，但还在工作……《奥赛罗》，是的。是谁跟我说起的？啊是的，斯彭斯太太。那个包……那个屏风……尸体像一个人躺在那儿睡着了。很聪明的谋杀。有预谋的、计划好的……我想，是令人享受的！……"

乔治过来通报说查特顿勋爵夫人的电话接通了。

"夫人，是我，赫尔克里·波洛，我能跟您的客人说几句吗？"

"为什么，当然可以！哦，波洛先生，您这是做了什么好事了吗？"

"还没有。"波洛说，"不过正在进展中。"

玛格丽特的声音传来——安静、温柔。

"夫人，我之前问您宴会那晚有没有什么不寻常的地方时，您皱了皱眉头，好像有什么事但又想不起来了。会不会是那晚屏风的位置变了呢？"

"屏风？为什么。哦是的，当然。它不在平时摆的位置。"

"您那晚跳舞了吗？"

"跳了一会儿。"

"您主要在跟谁跳舞？"

"杰里米·斯彭斯，他是一个很好的舞者。查尔斯也跳得很好，但没有那么好。他和琳达一起跳，然后我们不时交换舞伴。约克·麦克拉伦不会跳舞。我们跳舞的时候他在整理唱片，重新分类放起来。"

"之后你们听了些严肃音乐？"

"是的。"

对话停顿了一下。然后，玛格丽特说："波洛先生，这是为什么——为什么问这些？您是否……是否……还有希望？"

"夫人，您知道您周围人的感受吗？"

她似乎微微有些吃惊。

"我——我认为我知道。"

"我不这么认为。我认为您完全不知道。我认为这就是您一生的悲剧。不过这为别人带来了烦恼，而不是您。

"今天有人跟我提起了《奥赛罗》。我问过您您的丈夫是否忌妒，您说您认为他肯定有。但您说得很轻巧。您就像苔丝狄蒙娜[①]一样，说得轻巧，没有意识到其危险性。她也是如此，意识到了忌妒，但不理解它，因为她自己从来没有体会过，也不曾有机会体验忌妒。我想，她对强烈的生理冲动的力量一无所知。她以浪漫的英雄崇拜爱着她的丈夫，她也爱她的朋友卡西奥[②]，爱得很纯洁，把他当作亲密的伴侣……我想，正是因为她不懂激情，才使得男人疯狂……您能理解我在说什么吗，夫人？"

对方沉默了一会儿——然后玛格丽特用沉着、甜美、有一丝无措的声音回答道："不——我不是很明白您在说什么……"

波洛叹了口气，换上公事公办的口气说："今晚，我会去拜访您。"

9

米勒督察不是一个容易说服的对象，但赫尔克里·波洛也不是一个容易摆脱的人，他会坚持到事情按他所想的那样进行为止。米勒督察发着牢骚投降了。

"查特顿勋爵夫人和这起案子有什么关系……"

---

① 《奥赛罗》中的女主角，奥赛罗的妻子。
② 奥赛罗的副官，一名年轻美貌的男子，奥赛罗误以为他与自己的妻子有染，盛怒之下杀了他。

"没有，真的。她只是为她的朋友提供了庇护，如此而已。"

"你对斯彭斯夫妇又了解多少？"

"你指为什么我说匕首是从他们家拿来的？这只是一个猜测。杰里米·斯彭斯说的一些话让我有了这个想法。我提出短剑可能是玛格丽特·克莱顿的，他马上说他知道它不属于玛格丽特。"波洛顿了一下，"他们是怎么说的？"他有些好奇地问。

"承认说很可能是他们曾经拥有过的一把玩具匕首。不过那把匕首几周前不见了，而他们也完全忘记它了。我猜是里奇从他们那里拿走了。"

"杰里米·斯彭斯先生这种人，是不会轻易冒险的。"赫尔克里·波洛低声咕哝道，"几周前……哦，是的，这个计划很早以前就开始进行了。"

"嗯，你说什么？"

"我们到了。"波洛说。出租车在查特顿勋爵夫人坐落在切瑞顿街的房子前停了下来，波洛付了车费。

玛格丽特·克莱顿在楼上的房间里等着他们。当她看到米勒的时候，表情凝固了。

"我并不知道——"

"您并不知道我提出要带来的朋友是谁？"

"米勒督察不是我的朋友。"

"这要看您是否想让正义得到伸张，克莱顿太太。您的丈夫被谋杀了——"

"现在，我们必须来谈谈是谁杀了他。"波洛迅速接口，"夫人，我们可以坐下吗？"

玛格丽特慢慢地在一张高背椅上坐了下来，面对着两位男士。

"我请你们，"波洛对他的两位听众说，"耐心地听我说。我想我已经知道在那个致命的夜晚，里奇少校家发生了什么……我们所有人都从一个不正确的假设开始想这件事，这个假设就是只有两个人有机会将尸体放进箱子——也就是说不是里奇少校，就是威廉·伯吉斯。但我们错了，那晚还有一个人同样有很好的机会。"

"是谁？"米勒怀疑地问，"开电梯的男孩？"

"不是，是阿诺德·克莱顿。"

"什么？隐藏他自己的尸体？你疯了。"

"当然不是尸体——是活人。很简单，他自己躲在了箱子里。历史上，类似的事情发生过不少次。《槲寄生树枝》里死去的新娘[1]，阿埃及摩设计试探伊摩琴[2]，等等。当我看到箱子上最近才钻出来的孔的时候，立刻想到了这一点。为什么？它们是为了让箱子里有足够的空气而钻的。为什么那晚屏风被从平时摆放的位置移走了？为了将箱子藏起来，不让房子里的人注意到。这样藏在箱子里的人可以不时打开盖子透一口气，同时听听外面发生了什么。"

"但这是为什么？"玛格丽特问，震惊地睁大了眼睛，"为什么阿诺德要躲在箱子里？"

"夫人，您问为什么？您丈夫是一个易妒的男人，同时还是一个什么都放在心里的人。您的朋友斯彭斯太太形容他'什么都藏在心里'。他的忌妒越来越强烈，这折磨着他！你到底是不是里奇的情人？他不知道！他必须知道！因此——出现了一封'来自苏格兰的电报'，这封电报从来没有发出过，也没有人见过！

①英国著名的恐怖故事，一位新娘在她婚礼的时候玩捉迷藏，躲在一个箱子里无法逃脱，最终闷死在其中。
②出自莎士比亚著作《辛白林》。

打包了过夜用的行李，又非常恰巧地忘在了俱乐部。他在一个里奇少校基本都不在家的时间到了他家——他告诉男仆他会留一张字条。当他单独一人留在房间里的时候，他在箱子上钻了孔，移动了屏风，然后爬进了箱子里。今晚他就可以知道事实真相了。也许他的妻子会在其他人走之后留下来，也许她会离开然后再回来。那晚，这位绝望的、被忌妒折磨的男人将会知道……"

"你不会想说是他刺死了自己吧？"米勒的声音充满了怀疑，"毫无道理！"

"哦不，另有人刺死了他。一个知道他在那里的人。这是一起谋杀案，这一点没有错。一起小心盘算、长期计划的谋杀案。想想《奥赛罗》里的其他角色。我们都记得伊阿古①，他巧妙地毒害阿诺德·克莱顿的思想：给他提示、让他猜疑。诚实的伊阿古，忠实的朋友，男人总是相信这样的人！阿诺德·克莱顿相信了他。他被忌妒左右，陷入了狂热。躲在箱子里是不是阿诺德自己的想法？他可能是这么认为的——也是这么相信的！于是舞台布置好了。匕首在几周前就被偷出来了，也准备好了。那天晚上来临了。光线昏暗，留声机在放唱片，两对舞伴在跳舞，剩下的一个人在整理唱片，就在西班牙箱子的边上，被屏风半遮着。溜到屏风后面，抬起盖子，刺一刀——大胆，但很容易！"

"克莱顿会叫出声来的！"

"如果他被下了药就不会。"波洛说，"据男仆说，尸体'躺在那儿，像睡着了'。克莱顿确实睡着了，只有一个人可能给他下药，那个人和他在俱乐部里喝了一杯。"

"约克？"玛格丽特提高了声调，像一个受到惊吓的孩童，

---

① 《奥赛罗》中教唆挑拨奥赛罗怀疑他妻子不忠的角色。

"约克？不可能是亲爱的老约克。为什么，我认识约克一辈子了！究竟为什么约克会……"

波洛转向她。

"为什么那两个意大利人要决斗？为什么那个小男孩会开枪自杀？约克·麦克拉伦是一个不善于表达的人。他可能已经决定委身做您和您丈夫忠实的朋友了，但这时出现了里奇少校。这超过了他可以忍受的范围！怀着见不得光的仇恨和渴望，他做了一个近乎完美的谋杀计划——双重谋杀，因为里奇几乎肯定会被判死刑。而当里奇和你的丈夫都死了之后，他认为，终于，您可能会投向他的怀抱。而且太太，您确实有可能会这么做……嗯？"

她盯着他，瞪大的眼睛中充满恐惧……

她几乎无意识地喃喃道："可能……我不知道……"

米勒督察突然用权威的口吻说："波洛，你真厉害。但这只是理论上的猜想，没有一点证据。可能没有一个字是真的。"

"我说的都是真的。"

"但没有证据，我们无法采取行动。"

"你错了。我想，如果你这么对他说，麦克拉伦会承认的。你清楚地告诉他，玛格丽特·克莱顿知道了……"

波洛停顿了一下，补充道："因为一旦他知道他失去了玛格丽特……完美谋杀就变得毫无意义。"

弱者的愤怒 —————

1

莉莉·玛格雷夫紧张地抚摸着放在膝盖上的手套，瞥了一眼坐在她对面椅子上的人。

她听说过赫尔克里·波洛，著名的侦探，但这是她第一次亲眼见到他。

他夸张得近乎滑稽的外表分散了她的注意力。这个长着如鸡蛋般的圆脑袋、留着硕大的胡须、看上去有些可笑的小老头，真的是那个据说很厉害的人吗？他此刻的行为举止看上去特别幼稚。他正在搭彩色积木，似乎玩积木远比听她诉说事情更具吸引力。

然而，在她突然停下来的时候，他马上用锐利的眼神看了过来。

"小姐，我请求您继续。我向您保证，我不是没在听，而是非常认真地在听您说话。"

女孩继续开口说她要说的故事，波洛继续垒他的积木。女孩所说的是一个充满暴力的悲剧，让人毛骨悚然。但她讲述的声调却非常平静且不带感情，讲述方式简明扼要，人类的一切情感仿佛都消失了。

她终于停了下来。

"我希望，"她不安地说，"我把所有事情都讲清楚了。"

波洛表示赞同地点了点头。他用手扫过堆起的积木，把它们推散到桌面上，然后靠回椅背。他双手合十放在眼睛下方，开始简要地总结。

"鲁本·阿斯特韦尔爵士在十天前被谋杀了。星期三，即前天，他的外甥查尔斯·莱弗森被警方逮捕了。您所知道的对他不利的证据如下，如果我搞错了什么请纠正我。当天鲁本爵士在阁楼他自己的书房待到很晚，莱弗森先生回来迟了，自己用钥匙开门进屋。后来住在阁楼正下方的管家听到了他和舅舅争吵的声音，这场争吵在砰的一声巨响中突然结束，听上去像是有椅子被扔了出去，之后有人发出了一声压抑的叫喊。

"管家被惊动了，考虑着是否上楼去看看发生了什么。但几分钟之后，他听到莱弗森先生吹着口哨愉快地离开了房间，他认为没事了。然而，第二天早上，女仆发现鲁本爵士死在桌子旁，看起来像被重物敲击过。管家没有在第一时间去报警。我想这可以理解。小姐？"

突然的呼唤把莉莉·玛格雷夫吓了一跳。

"什么事？"她说。

"人们总会在这类案件中寻找人性，不是吗？"小个子侦探说道，"您将案子如此完美而简要地讲述给我听，把案件里的人物当戏剧角色看待，像木偶。但我总在探究人性。我对自己说，这位管家，这位——您说他叫什么？"

"帕森斯。"

"这位帕森斯，应该拥有他所在阶级的特质，他对警方怀有强烈的抗拒心理，会尽可能少地提及他所知道的事情。如此一来，对家族成员有害的事情他肯定都不会说。他会竭尽全力，顽固地坚持这是外部入侵者所为，一个小偷之类的。是的，仆人阶级的忠诚是一个有趣的研究课题。"

他眉飞色舞地向后靠了靠，继续说道："同时，家中的每个人都有自己的说法，包括莱弗森先生在内。他的说法是，他回来迟了，直接去睡了，没有看到舅舅。"

"这只是他的一面之词。"

"看上去没有理由怀疑这个说法。"波洛沉思着，"当然，除了帕森斯。此时，一位来自苏格兰场的督察登场了，您是说他叫米勒督察吗？我认识他，过去曾和他打过一两次交道。他是那种人们常说的敏锐的人，一只雪貂，一只鼬。

"是的，我认识他！敏锐的米勒督察，他看到了其他本地督察没有看到的东西，他发现帕森斯紧张不安，知道此人肯定隐瞒了什么。于是，他在帕森斯身上下了点功夫。现在已经确定当晚没有外部入侵者了。杀人犯应该在内部寻找，而不是外部。帕森斯心中既感觉不快，又很害怕，但能摆脱藏在内心的秘密，他还是松了一口气。

"他已经尽力避免丑闻了，但有些事避免不了。米勒督察听了帕森斯的说辞，问了一两个问题，然后自己做了一些私下的调查。他为这个案子建立的证据链很有力——非常有力。

"阁楼角落里的柜子上印有沾血的指纹，这个指纹是查尔斯·莱弗森的。女仆告诉督察，在案件发生的第二天早晨，莱弗森先生的房间里有一盆带血的水，莱弗森对她的解释是他割伤了手指。他手指上确实有一个小划伤，但只是一个非常小的伤口！他那天晚上穿的衬衫的袖口已经清洗了，但在他大衣的袖子上找到了血渍。他在经济上有很大的压力，而鲁本爵士死后，他可以继承一笔财产。哦，是的，这案子无懈可击，小姐。"他停顿了一下。

"然而您今天却来找我。"

莉莉·玛格雷夫耸了耸纤弱的肩膀。

"如我告诉您的，波洛先生，是阿斯特韦尔爵士夫人派我来的。"

"凭自己的意识您是不会来的，对吗？"

小个子男人机敏地看着她，女孩没有回答。

"您没有回答我的问题。"

莉莉·玛格雷夫又一次开始抚弄她的手套。

"这问题我很难回答，波洛先生。我需要忠于阿斯特韦尔爵士夫人。严格地说，我不仅仅是她雇用的女伴，她待我如同女儿或侄女一般，她是一个特别好的人。无论她做错了什么，我都不想责怪她，或者——误导您不接这个案子。"

"误导赫尔克里·波洛是不可能的，这是不可能发生的。"小个子男人扬扬得意地宣布，"我感觉您认为阿斯特韦尔爵士夫人会不断纠结这件事。告诉我吧，是不是这样的？"

"如果我必须说——"

"小姐，请说。"

"我认为这整件事蠢透了。"

"您这么认为，嗯？"

"我不想说阿斯特韦尔夫人的坏话——"

"我明白，"波洛温和地低语，"我完全明白。"他用眼神鼓励她继续往下说。

"她真的是个很好的人，非常亲切。但她并不是——我该怎么说比较好呢？她不是一位受过教育的女性。您知道，鲁本爵士娶她的时候她是一名演员。她有各种各样的偏见和迷信。如果她说什么，就必须是什么，根本不会听人讲道理。督察对待她的态度不是很体贴，这让她全副武装了起来。她说怀疑莱弗森先生是无稽之谈，警察净会犯些愚蠢、猪脑的错误，她认为亲爱的查尔斯自然没有杀人。"

"但她没有任何证据，对吗？"

"完全没有。"

"哈！真的？请老实告诉我。"

"我告诉她，"莉莉说，"来找您陈述这么一个没有任何道理和依据的结论是毫无用处的。"

"您这么告诉她的？"波洛说，"真的？这很有趣。"

他迅速而仔细地端详了一下莉莉·玛格雷夫，看着她整洁的黑色衣服，喉咙处有一抹白色的衣领，以及小巧的黑色帽子。他看出她是一位优雅的女性，有着漂亮的脸蛋，下巴稍微有些尖，有深蓝色的眼睛和纤长的眼睫毛。不知不觉中，他的态度改变了，他现在感兴趣起来了，不是对案子，而是对坐在他对面的这个女孩。

"小姐，我猜阿斯特韦尔爵士夫人会为了一点小事变得心神不宁、歇斯底里？"

莉莉·玛格雷夫热切地点了点头。

"您的描述很恰当。如我跟您所说的，她人很好，但你无法说服她，或者让她理性地看待事情。"

"也许她有自己的怀疑对象？"波洛提出了一个猜想，"非常荒谬的怀疑对象。"

"确实如此。"莉莉叫道，"她很不喜欢鲁本爵士的秘书，可怜的人。她说她知道是他犯下的案子，然而证据确凿，可怜的欧文·特里夫西斯是不可能犯下这桩案子的。"

"她的怀疑有根据吗？"

"当然没有。全凭她的直觉。"

莉莉·玛格雷夫的声音中饱含讽刺。

“我发现，小姐，”波洛笑着说，“您不相信直觉？”

“我认为那是无稽之谈。”莉莉回答道。

波洛往椅背上靠了靠。

“女人，”他嘟囔道，“总是倾向于把直觉当作上帝给她们的特殊武器，然而事实上，十次中起码有九次，直觉让她们误入歧途。”

“我知道。”莉莉说，“但我已经告诉您阿斯特韦尔爵士夫人是个什么样的人。您无法劝说她。”

“于是小姐您，聪明而谨慎地遵照吩咐前来见我，又设法让我了解实际情形。”

他的语调让女孩突然抬起头，眼神锐利地看着他。

“当然，我知道，”莉莉饱含歉意地说，“您的时间非常宝贵。”

“小姐，您太客气了。”波洛说，“不过确实——是的，这是事实，此刻我手上就有很多案子。”

“我就猜想可能是这样，”莉莉说着站起身来，“我会告诉阿斯特韦尔爵士夫人——”

但波洛并没有起身。相反，他靠在椅了上，依旧盯着这位女孩。

“您这就要走了吗，小姐？请多坐一会儿吧，拜托了。”

他看到她的脸涨红了，接着又恢复了正常。她不情愿地慢慢坐了下来。

“小姐您的思维很敏捷，也很果断。”波洛说，“请您谅解我这种需要时间才能做出决定的老人。小姐，您误会了，我没说我不去见阿斯特韦尔爵士夫人。”

“那么，您会来？”

女孩的语调毫无变化。她看着地板，没有看波洛，因此也没有意识到波洛正仔细地端详着她。

"小姐，请告诉阿斯特韦尔爵士夫人，我将全力为她服务。我今天下午会过去——是邦德堡吧？"

他站了起来。

"我——我会告诉她的。您能来真是太好了，波洛先生。然而，我恐怕您要徒劳无功地白忙活一场了。"

"很可能，不过……谁知道呢？"

他毕恭毕敬地送她到门口，之后回到起居室，皱着眉陷入了沉思。他点了一两次头，然后开门叫来了男仆。

"我亲爱的乔治，请帮我准备一个旅行包。我今天下午要去乡下。"

"好的，先生。"乔治说。

乔治是一个长相非常英式的人。高个子，皮肤苍白，不动声色。

"年轻女孩真是非常有趣的研究对象，乔治。"波洛说着，又一次坐回到他的靠背椅中，同时点着了一支细烟，"特别是，你知道，聪明的女孩。拜托某人做一件事情，又要想办法让对方拒绝，要处理得很微妙。这需要技巧。她做得很巧妙——哦，非常巧妙——但赫尔克里·波洛，我亲爱的乔治，可是格外聪明的。"

"我听您这么说过了，先生。"

"她所担忧的并不是秘书。"波洛若有所思地说，"她对阿斯特韦尔爵士夫人对秘书的指控不屑一顾。她只是不希望有人惊醒沉睡的狗。而我，亲爱的乔治，就是要去惊扰他们，我要把沉睡的狗叫起来战斗！邦德堡发生的事情很有戏剧性，那里正在上演一出关乎人性的大戏，这让我感到兴奋。那个小姑娘很机灵，但

117

不够老到。我倒想知道……我会在那里发现什么?"

乔治为波洛留了一段足够营造戏剧效果的短暂停顿,之后才抱歉地插嘴问道:"先生,需要准备礼服吗?"

波洛遗憾地看着他。

"注意力永远集中在自己的工作上,乔治,有你真好。"

2

列车在四点五十五分驶进了阿伯特十字车站,赫尔克里·波洛从车上走了下来。他打扮得整洁而浮华,嘴上的小胡子打着厚厚的蜡。他检票出了站,一位高个子司机向他走来。

"波洛先生?"

小个子男人笑了笑。

"是的,我是。"

"这边,先生,请这边走。"

他为波洛打开了劳斯莱斯的车门。

车子开了三分钟就到了。司机再一次上前为波洛开门。波洛走下车,管家早已站在门口,扶着敞开的大门。

波洛先赞赏地端详了一下房子的外观,这才走进敞开的大门。这是一栋结实的红砖宅邸,没有奢华的外表,但让人觉得坚实而舒适。

波洛走进大堂,管家熟练地为他摘下帽子、脱去外套,用只有一流的仆人才能掌握好分寸的谦恭语调轻轻说道:"先生,夫人正在等您。"

波洛跟随管家走上铺着柔软地毯的楼梯。这位管家毫无疑问就是帕森斯,训练有素,举止得当,情感内敛。他领着波洛走上楼梯，右转，沿走廊走到一扇开着的门，来到一间小前厅。厅里有两扇门，通往不同的房间，管家打开了左首边那扇门，通报道："夫人，波洛先生到了。"

房间不是很大，塞满了家具和小装饰物。一位一身黑衣的女士从沙发上起身，快步走向波洛。

"波洛先生。"她说着，伸出一只手，眼睛飞快地扫视了一下这位打扮浮夸的人。她顿了一下，没有理会这个小个子男人的躬身行礼和低声招呼，突然用力地捏了一下他的手之后放开了他，大声说道："我相信小个子男人！他们是聪明人！"

"我相信，"波洛嘟囔道，"米勒督察是个高个子？"

"他是一个自以为是的傻瓜。"阿斯特韦尔爵士夫人说，"波洛先生，请坐到我旁边来，好吗？"

她指了指沙发，继续说道："莉莉尽了一切努力阻止我找您来，但我这辈子从来都知道自己要做什么。"

"很难能可贵的成就。"波洛说着，跟她一起坐到了沙发上。

阿斯特韦尔爵士夫人坐在一堆靠垫里，找好了舒服的姿势后转向波洛。

"莉莉是个好女孩。"阿斯特韦尔爵士夫人说，"但她认为她了解所有的事情。在我个人的经验里，这类人通常是错误的。我不聪明，波洛先生，我从来都不是个聪明人，但当比我更笨的人是错的时候，我就是对的了。我相信直觉。那么现在，您希望我告诉您谁是凶手吗？女人都知道的，波洛先生。"

"玛格雷夫小姐知道吗？"

"她对您说了什么？"阿斯特韦尔爵士夫人厉声问道。

"她向我叙述了案情。"

"案情？哦，他们都针对查尔斯，但我告诉您，波洛先生，他不是凶手。我知道他不是！"她真诚地靠近波洛，甚至有些吓人。

"您确定吗，阿斯特韦尔爵士夫人？"

"特里夫西斯杀了我的丈夫，波洛先生。我很肯定。"

"为什么？"

"您是问他为什么杀他，还是问我为什么这么肯定？我告诉您，我知道是这样的！我在这些方面有些不一样，我一旦下了结论，就会坚持到底。"

"特里夫西斯先生能从鲁本爵士的死亡中获益吗？"

"没给他留一分钱。"阿斯特韦尔爵士夫人立刻回答道，"看，这也证明了亲爱的鲁本并不喜欢、也不信任他。"

"那么，他跟鲁本爵士的时间长吗？"

"将近九年。"

"那是很长时间了。"波洛柔声说道，"就受雇于一个人而言，这是相当长的一段时间了。是的，特里夫西斯先生应该很了解他的雇主。"

阿斯特韦尔爵士夫人盯着他。

"您在暗示什么？我看不出这跟案子有什么关系。"

"我只是遵从自己的一点小想法的指引而已。"波洛说，"一点小想法，可能不太有趣，但效果绝对不错。"

阿斯特韦尔爵士夫人仍旧瞪着他。

"您很聪明吧，"她的语气有些迟疑，"每个人都这么说。"

赫尔克里·波洛笑了起来。

"夫人，或许将来有一天您也会这样赞赏我。不过让我们先回到原来的话题。请告诉我，悲剧发生的时候，家里都有谁。"

"查尔斯在，当然了。"

"据我所知，他是您丈夫的外甥，不是您的。"

"是的。查尔斯是鲁本的姐姐的独生子。她嫁了一位还算有钱的男士，但那场车祸……嗯，在城里……他死了，夫人也死了，于是查尔斯就搬来和我们一起生活。那时他二十三岁，正准备成为一名律师。但发生了这样的事故，鲁本就让他在自己的公司工作。"

"查尔斯先生是个勤奋的人吗？"

"我喜欢能一下找到重点的人。"阿斯特韦尔爵士夫人点头表示赞许，"不，这正是问题所在，查尔斯并不勤奋。他总是犯下这样那样的迷糊事，导致鲁本经常和他争吵。可怜的鲁本也不是个好相处的人。我告诉他很多次了，他已经不是年轻时候的样子了。波洛先生，他以前不是这样的。"

阿斯特韦尔爵士夫人为往事发出了一声叹息。

"变化总会来临的，夫人。"波洛说，"这是自然法则。"

"不过，"阿斯特韦尔爵士夫人说，"他从来没有粗鲁地对待过我。至少事后他总会道歉——可怜的、亲爱的鲁本。"

"他变得不一样了，嗯？"波洛说。

"我总有办法管住他。"阿斯特韦尔爵士夫人带着一丝成功驯狮人的自豪感说道，"但有时他会对仆人大发脾气，这就有些尴尬。做事情有很多方法，而鲁本没有找到正确的那种。"

"阿斯特韦尔爵士夫人，鲁本爵士是如何安排他的遗产的？"

"一半给我，一半给查尔斯。"阿斯特韦尔爵士夫人迅速回答，"当然律师写得没有这么简单，不过算起来就是这么分配的。"

波洛点了点头。

"我明白了、我明白了。"他嘟囔道，"现在，阿斯特韦尔爵士夫人，我需要您描述一下这座宅子里的人员构成。这里住着您、鲁本爵士的外甥查尔斯·莱弗森先生、秘书欧文·特里夫西斯，还有莉莉·玛格雷夫小姐。也许您可以告诉我一些关于这位年轻女士的情况？"

"您想了解一下莉莉？"

"是的，她跟您很久了吗？"

"大约一年。您知道，我有过很多秘书兼女伴，但她们不知为何总会惹我发火。莉莉不同。她很机灵，有常识，而且长得好看。波洛先生，我喜欢长得好看的人在身边。我是那种爱憎分明的人，我一看到那个女孩就跟自己说，就是她了。"

"她是朋友介绍给您的吗，阿斯特韦尔爵士夫人？"

"我想她是看了应征广告来的。是的，是这样的。"

"您了解她的家庭吗，她是哪里人？"

"我相信她的父母都在印度。我对他们不太了解，但您一眼就能看出莉莉是位有身份的小姐，不是吗，波洛先生？"

"哦，是的，完全看得出来。"

"没错，"阿斯特韦尔爵士夫人继续说道，"我不是贵族小姐出身。我知道，仆人们也知道。但我对于贵族出身没有什么心结。当见到真正的贵族的时候，我懂得欣赏他们。没有人能比莉莉对我更好了。波洛先生，我几乎把那个女孩当作了自己的女儿，我真的如此。"

波洛伸出右手，调整了一下桌子上靠近他的几件物品的位置。

"鲁本爵士是否跟您的看法一致？"他问。

他的眼睛正注视着房间里的小摆设，但毫无疑问，他注意到了阿斯特韦尔爵士夫人在回答之前的短暂停顿。

"男人的眼光总是不一样的。不过他们……相处得很愉快。"

"谢谢您，夫人。"波洛说着暗自笑了起来，接着又问，"那么，那晚家中也就这几位，对吗？当然，除了仆人们之外。"

"哦，还有维克多。"

"维克多？"

"是的，我丈夫的弟弟，您知道的，也是他的合伙人。"

"他跟你们住在一起？"

"不，他只是正好来访。他过去几年都待在西非。"

"西非。"波洛嘟囔道。

他知道，只要给她足够的时间，阿斯特韦尔爵士夫人可以将之发展成一个丰富的话题。

"人们都说那是一个美好的国度，但我认为那里是那种会对男人产生非常糟糕的影响的地方。那里的人喝太多酒了，然后就会失控。阿斯特韦尔家族的人都是坏脾气，而维克多从非洲回来之后，脾气更是变得令人害怕。他有一两次吓到了我。"

"那他是否也让玛格雷夫小姐受到过惊吓呢？"波洛柔声问道。

"莉莉？哦，我想他没怎么见过莉莉。"

波洛在一个小本子上记了几笔，然后将铅笔放回笔环，把本子放回了口袋。

"谢谢您，阿斯特韦尔爵士夫人。现在如果可能的话，我想和帕森斯谈谈。"

"您想让他到这里来吗？"

阿斯特韦尔爵士夫人将手伸向了摇铃，波洛迅速地阻止了她的动作。

"不、不，千万不要。我去找他。"

"如果您认为这样更好的话——"

阿斯特韦尔爵士夫人显然对于无法参与之后的对话感到失望。波洛又强调了一下保密性。

"这很重要。"他神秘兮兮地说，离开了被他吓唬住的阿斯特韦尔爵士夫人。

他在管家的餐具储存室里找到了帕森斯，后者正在擦拭银器。波洛动作滑稽地微微鞠了一躬，开始了对话。

"我必须先自我介绍一下，"他说，"我是一名侦探。"

"是的，先生。"帕森斯说，"我们都猜出来了。"

语气尊敬却冷淡。

"阿斯特韦尔爵士夫人叫我来的。"波洛继续说道，"她对现状感到不满，不，她十分不满。"

"我听到夫人在几个不同的场合这么说过。"帕森斯说。

"这么说来，"波洛说，"你已经都知道了？嗯？那我们就不要在烦琐的事情上浪费时间了。如果可以的话，请带我去你的房间，然后告诉我谋杀发生的那天晚上，你所听到的一切。"

管家的房间在一楼，连着用人大厅。房间里的窗户外装有铁条，一角放着保险柜。帕森斯指了指狭窄的床铺。

"先生，我在十一点时躺下休息。那时玛格雷夫小姐已经睡下了，阿斯特韦尔爵士夫人和鲁本爵士在阁楼里。"

"阿斯特韦尔爵士夫人和鲁本爵士一起？啊，请继续。"

"先生，阁楼就在这间房间的正上方。如果有人在那儿说话，这里能听到一些模糊的声音，但当然听不清内容。我应该是十一点半左右睡着了，十二点时被摔门的声音惊醒，我知道是莱弗森先生回来了。不久，头上传来脚步声，又过了一两分钟，我听到莱弗森先生和鲁本爵士说话的声音。"

124

"那时候我就想，先生，莱弗森先生他——不能说他喝醉了，但就是有些没轻没重、吵吵闹闹。他声音很大地对他的舅舅吼了一通。我听到了一两个词，但还不足以搞明白他们在说什么。接着就是一声尖叫和'砰'的一声巨响。"

帕森斯顿了一下，又重复了一遍最后几个词。

"'砰'的一声巨响。"他强调道。

"如果我没搞错的话，在很多小说里，这是用来形容重击声的。"波洛嘟囔道。

"可能是的，先生。"帕森斯严谨地说，"反正我听到的是'砰'的一声巨响。"

"非常抱歉。"波洛说。

"没关系，先生。'砰'的一声之后，一切都变安静了。我非常清晰地听了莱弗森先生的声音，他尖着嗓子说'我的天哪'。'我的天哪'，就是这样说的，先生。"

帕森斯一开始似乎不愿意谈论这件事，但此时明显非常享受。他很可能把自己想象成了一个说书人。波洛决定逗一逗他。

"哎呀天哪，"他嚷嚷着，"那时你肯定不知所措！"

"是的，先生，正是如此。"帕森斯说，"正如您所说。我当时没有想太多，但还是想了一下是不是有什么事情不对，我该不该起床上楼去看一看。我起身打开了电灯，不小心撞翻了一把椅子。

"我打开门，穿过仆人大厅，从另一边的门来到走廊，通往楼上的内部楼梯就在那儿。就在我站在楼梯下犹豫时，听到莱弗森先生的声音从上方传来，听起来很愉快，'幸好没什么事。'他说，又说了句'晚安'，然后我就听到他沿着走廊走回自己的房间，还吹着口哨。

"于是自然，我立刻回到自己的床上。当时我认为不过是有东西打翻了。您说说，先生，当时莱弗森先生是那样的态度，还道了晚安，我怎会想到鲁本爵士被谋杀了啊？"

"你确定你听到的是莱弗森先生的声音？"

帕森斯怜悯地看着这位小个子比利时人。波洛清晰地看出，无论如何，在这一点上帕森斯坚定不移。

"您还有什么想问我的吗，先生？"

"还有一件事。"波洛说，"你喜欢莱弗森先生吗？"

"我——麻烦您再说一遍，先生？"

"这是一个很简单的问题。你喜欢莱弗森先生吗？"

帕森斯先是吃了一惊，然后面露尴尬。

"仆人们有些看法，先生。"他停了下来。

波洛说："请以你认为合适的方式说吧。"

"先生，大家普遍认为莱弗森先生是一位慷慨的年轻绅士，只是有些……一定要我说的话，就是不太聪明，先生。"

"啊！"波洛说，"你知道吗，帕森斯，虽然我没见过他，但莱弗森先生给我的印象也是这样的。"

"确实如此，先生。"

"那么你认为——不好意思，我应该说仆人们认为，秘书是一个怎样的人呢？"

"他是一位安静、有耐心的绅士，先生。极力避免制造麻烦。"

"的确如此。"波洛说。

管家咳嗽了一声。

"先生，夫人她，"他轻声道，"下判断的时候有些轻率。"

"那么，仆人们的意见是，莱弗森先生是凶手？"

"没人愿意这么去想莱弗森先生。"帕森斯说,"我们——好吧,老实说,我们觉得他不是会杀人的那种人,先生。"

"但他有些脾气暴躁,对吗?"波洛问。

帕森斯靠近了他一些。

"如果您想问我这栋房子里脾气最暴躁的人是谁——"

波洛举起手来。

"啊!这不是我想问的问题。"他柔声说道,"我想问的问题是,谁是这个家里脾气最好的人?"

帕森斯张着嘴,吃惊地看着他。

3

波洛没有再在他身上浪费时间了。他和蔼地欠了欠身——波洛总是和蔼可亲的——离开了房间,信步走到邦德堡宽敞的方形大厅。他站着思考了一两分钟,一个细小的声音传到了他的耳中。他像一只神气的知更鸟一样抬起头,接着悄无声息地穿过大厅,站在一扇门前。

他隔着门厅看向屋内:这是一个小书房,房间最里面放着一张大书桌,桌边坐着一位消瘦苍白的年轻男子,正埋头写着什么。他有些龅牙,戴着夹鼻眼镜。

波洛看了他一会儿,然后夸张地假咳了一声,打破了宁静。

"呃哼!"赫尔克里·波洛咳嗽着。

坐在书桌边的年轻人停下笔,转过头。他没有过于惊讶,脸上的表情更像是困惑不解,他双眼注视着波洛。

波洛向前走了一步,微微鞠了个躬。

"我现在是有幸在跟特里夫西斯先生说话吗?啊!我的名字

是波洛，赫尔克里·波洛。您可能听说过我。"

"哦——呃——是的，当然。"年轻人说。

波洛凝视着他。

欧文·特里夫西斯大约三十三岁，波洛在看到他的瞬间就立刻明白为什么没人把阿斯特韦尔爵士夫人的指控放在心上了。欧文·特里夫西斯是一位一本正经、举止得体的年轻人，态度温和，能让人放下戒心，是那种可以被驯化、调教的类型。你几乎可以肯定，他绝不会突然暴怒。

"是阿斯特韦尔爵士夫人叫您来的吧。"秘书说道，"她说过她会这么做。我能为您提供什么帮助吗？"

他举止礼貌，但不带感情。波洛在他拿来的椅子上坐了下来，柔声低语道："阿斯特韦尔爵士夫人是否跟您提过她的任何想法或者怀疑？"

欧文·特里夫西斯微微一笑。

"据我所知，"他说，"她在怀疑我。很荒谬，但确实如此。自从鲁本爵士过世后，她几乎没对我说过一句好话，我从她身边走过的时候她都会缩到墙边。"

特里夫西斯表现得非常自然，语气中不带一丝愤怒，甚至还有些觉得有趣的意味。波洛点了点头，认同他的坦率。

"我们私下说说，"波洛解释道，"她把这个想法对我说了，我没有反驳她——我给自己定了一条规则，不要跟强势的女士争辩。您明白的，这么做是浪费时间。"

"哦，正是如此。"

"我的回答是，是的，女士——哦，确实如此，女士——完全正确，女士。这些回答没有什么意义，但能安抚对方。我会进行我的调查，虽然看上去除了莱弗森先生，几乎没人有可能犯下这桩谋杀案。不过……哦，不可能的事情又不是没发生过。"

"我非常理解您的立场。"秘书说，"我会尽我所能为您提供帮助。"

"很好。"波洛说，"我们的想法统一了。现在，请您详细描述一下那晚发生了什么。最好从晚餐开始说起。"

"莱弗森没有在家吃晚饭，毫无疑问您已经知道了。"秘书说，"他和他舅舅大吵了一架，然后跑去高尔夫俱乐部用餐了。鲁本爵士则因此心情不佳。"

"这位先生不太和善，是吗？"波洛小心翼翼地暗示道。

特里夫西斯大笑了起来。

"哦！他像个野人一样难应付！我也就是跟了他九年，否则也会搞不懂他那些小脾气。他是一个非常难相处的人，波洛先生。他会发小孩子的那种脾气，辱骂所有身边的人。

"这么多年来我已经习惯了。我习惯了完全不把他说的话放在心上。他不是真的坏心肠，但他的举止有时真的很愚蠢，且惹人生气。最好的方法就是不要回嘴。"

"在这方面，其他人是否跟您一样聪明？"

特里夫西斯耸了耸肩。

"阿斯特韦尔爵士夫人有她的优势。"他说，"她一点都不怕鲁本爵士，总是反对他但又对他很好。他们总能和好，鲁本爵士真的很爱她。"

"那晚他们发生争吵了吗？"

秘书把眼神挪开，犹豫了一会儿，然后答道："我想吵过。您为什么想问这个？"

"只是有一个想法。"

"实情我并不知道。"秘书解释道，"不过看上去像是吵过。"

波洛没有再追问这个话题。

"晚餐桌上还有谁？"

"玛格雷夫小姐、维克多·阿斯特韦尔先生和我。"

"吃完晚餐之后呢？"

"我们去了起居室。鲁本爵士没有一起。大约十分钟后，他跑进来因为与一封信有关的小事严厉地指责了我。我跟他一起去了阁楼，修改完，维克多·阿斯特韦尔先生来了，说想跟他哥哥聊些事情。我就又下了楼，和两位女士待在一起。

"大约一刻钟后，我听到铃声大作，然后帕森斯过来对我说马上去爵士那里。我走进房间的时候维克多·阿斯特韦尔正好出来，他差点儿把我撞倒，显然发生了什么令他不愉快的事情。他的脾气很暴躁。我相信他当时根本没看见我。"

"鲁本爵士对此有说什么吗？"

"他说：'维克多是个疯子，他总有一天会在盛怒之下杀人的。'"

"啊！"波洛说，"你知道他们之间是因为什么事起了冲突吗？"

"完全不知道。"

波洛慢慢地转过头去看着秘书，他回答得太匆忙了。波洛相信特里夫西斯并非一无所知，如果他愿意的话，应该能告诉他一些。不过波洛又一次没有追问下去。

"之后呢？请继续。"

"我和鲁本爵士一起工作了大约一个半小时。十一点的时候，阿斯特韦尔爵士夫人进来了，鲁本爵士让我去休息。"

"于是你就离开了？"

"是的。"

"你知道她在爵士那里待了多久吗？"

"完全不知道。她的房间在二楼，我的在三楼，因此我不可能听到她回房间的声音。"

"明白了。"

波洛点了一两下头，伸了伸脚。

"现在，先生，请带我去那间阁楼吧。"

波洛跟着秘书沿着宽阔的主楼梯走上二楼平台，之后沿着走廊走到尽头，穿过一扇贴着毛毡的门，再走过用人用的楼梯间和一段短短的通道，来到阁楼门前。进到门里，就来到了案发现场。

这个阁楼间的层高是其他房间的两倍，大约三十英尺见方①。墙上装饰着剑和南非人使用的标枪，小桌上放着各种古玩。房间最里面摆着一张大写字台，靠着在倾斜墙面上开的窗子。波洛径直走了过去。

"这里就是发现鲁本爵士尸体的地方？"

特里夫西斯点了点头。

"据我所知，他是从背后遭到了击打？"

秘书又一次点了点头。

"凶器就是这些古玩中的一个。"他解释道，"非常重。应该是立刻死亡。"

"进一步证明这是一起非预谋犯罪。一场激烈的争吵，然后毫无意识地随手拿起凶器。"

"是的，这一切看上去对可怜的莱弗森很不利。"

"尸体被发现时是趴在桌子上的吗？"

①约为九平方米。

131

"不，爵士滑倒在地板上。"

"啊，"波洛说，"这很有趣。"

"哪里有趣了？"秘书问。

"这个。"波洛指向写字台光亮的表面上的一个不规则的圆形污渍，"这是血迹，我的朋友。"

"可能是溅上去的。"特里夫西斯说，"也可能是之后搬动尸体时弄上去的。"

"很可能、很可能。"小个子男人说，"这房间只有一扇门进出？"

"这边有一个楼梯间。"

特里夫西斯掀开门边的一面天鹅绒帘子，能看到一段窄小的向上的螺旋形楼梯。

"这栋房子是一位天文学家建的，这段楼梯是通往安放着望远镜的塔楼的。鲁本爵士把那个地方改造成了一间卧室，他有时工作得太晚了就会睡在那边。"

波洛敏捷地爬上楼梯，楼上是一个圆形房间，简单装修过，放着一张行军床、一把椅子和一张梳妆台。波洛满意地发现这个房间没有其他出口了，然后走下楼，其间特里夫西斯一直等在下面。

"你是否听到了莱弗森先生进这间屋子的声音？"他问。

特里夫西斯摇了摇头。

"我那时已经睡着了。"

波洛点了点头，又缓缓扫视了一遍房间。

"很好！"他开口道，"我想这里没别的需要看的了，除非——你能帮忙拉一下窗帘吗？"

特里夫西斯遵照指示，拉上了房间另一端窗边的厚重黑色窗帘。波洛打开吊在房顶、有一个碗状石膏罩子的灯。

"有台灯吗？"他问。

秘书按亮了摆在写字台上的绿色罩子的手提灯，光线很足。波洛关掉吊灯，又打开，然后又关上。

"很好！我想这样就可以了。"

"晚饭七点半开始。"秘书低声道。

"谢谢您，特里夫西斯先生，谢谢您的亲切和友善。"

"不用客气。"

波洛一路深思来到为他安排的房间，让人看不透的乔治正在收拾摆放主人的东西。

"我的好乔治，"波洛说道，"我希望能在晚餐时见一见正越来越让我感兴趣的某位绅士，我想我应该能见到。乔治，他从热带地区回来，脾气火爆——大家都是这么说的。帕森斯试图向我描述这位先生，而莉莉·玛格雷夫完全没有提起过他。乔治，已过世的鲁本爵士就是个火爆脾气，假设他遇到一位脾气更差的人……你说会怎么样？事情会变得一团糟吗？"

"'不可收拾'才是正确的表达方式，先生①。事情并不一定是这样的，先生，可能很不一样。"

"不一定？"

"不一定，先生。我的阿姨杰迈玛，先生，她说话非常刻薄，总是欺压跟她一起住的可怜的妹妹，有时她的做法真的很令人震惊，把她妹妹吓得半死。但如果有人跟她针锋相对，那么事情又

---

①波洛将短语"The fur would fly about"（意为事情将变得严重）错误地说成了"The fur would jump about"。

会不一样了。这是她的弱点。"

"哈!"波洛说,"非常有启发性——这个故事。"

乔治抱歉地咳了一声。

"还有什么我可以做的吗?"他小心翼翼地询问,"来……嗯……协助您,先生?"

"当然。"波洛立刻回答道,"你可以帮我查清楚莉莉·玛格雷夫小姐那天晚上穿的是什么颜色的晚礼服,以及是哪位女仆服侍她穿的。"

乔治以他一贯的平淡态度接受了指示。

"好的,先生,我会在明天早上告诉您这些信息。"

波洛站起身来,看着壁炉里的火。

"你对我很有用,乔治。"他嘟囔道,"你知道吗,我不会忘记你的杰迈玛阿姨的。"

4

波洛那晚最终没能见到维克多·阿斯特韦尔。他打电话来告知,他有事留在了伦敦。

"他在处理您丈夫过世后生意上的事宜吧?"波洛问阿斯特韦尔爵士夫人。

"维克多是合伙人。"她解释说,"他去非洲为公司查看一些矿藏的政府许可授权。是采矿吧,莉莉?"

"是的,阿斯特韦尔爵士夫人。"

"我记得是金矿,还是铜或锡?莉莉,你应该知道,你总是问鲁本这些问题。哦,亲爱的,小心点儿,你差点儿碰倒了那个花瓶!"

"这里点着壁炉实在太热了。"女孩说，"我能否……能否开一点儿窗？"

"如果你想的话，亲爱的。"阿斯特韦尔爵士夫人平静地说。

波洛看着女孩走过去，打开了窗户。她在窗边站了一两分钟，呼吸着夜晚寒冷的空气。等她走回来坐回她的位置后，波洛礼貌地问道："所以，小姐您对矿感兴趣？"

"哦，不是的。"女孩冷漠地说，"我只是听鲁本爵士说过，但其实我对此一无所知。"

"那么，你装得很好。"阿斯特韦尔爵士夫人说道，"可怜的鲁本认为你是出于一些长远的目的才问他那些问题的。"

小个子侦探的眼睛一直盯着壁炉里的火，然而他并没有错过莉莉·玛格雷夫脸上闪过的恼怒之情。他很有技巧地转移了话题。到了该道晚安的时间，波洛对他的女主人说："太太，我能否跟您聊几句？"

莉莉·玛格雷夫礼貌地离开了。阿斯特韦尔爵士夫人不解地看着侦探。

"您是那天晚上鲁本爵士死前最后见过他的人吧？"

她点了点头，眼中含泪，慌忙掏出一块黑边的手绢擦了擦。

"啊，请不要哀叹，请您节哀。"

"我没事，波洛先生。我只是控制不住。"

"我真是无比愚蠢，提起了您的伤心事。"

"不、不，继续。你想说什么？"

"我想当时是十一点吧，您走进阁楼，鲁本爵士让特里夫西斯先生去休息的时候。是这样的吗？"

"应该差不多。"

"您在那里待了多久？"

135

"我回到房间的时候是十一点四十五分。我记得我看了一眼钟。"

"阿斯特韦尔爵士夫人，能告诉我您跟您丈夫都聊了些什么吗？"

阿斯特韦尔爵士夫人整个人陷进了沙发里，完全崩溃了。她猛烈地抽泣着。

"我们……吵……吵……吵架了。"她呜咽道。

"为了什么吵？"波洛的声音近乎温柔地哄劝。

"很……很多事情。由莉……莉莉开……开始。鲁本不喜欢她——没有什么原因，就说他抓到她偷翻他的文件，想把她打发走。我说她是一个贴心的女孩，我不想让她离开。然后他开……开始对我大声吼叫，我可受不了这个，就也说了些气话，告诉他我对他的看法。

"那些并非我的真心话啊，波洛先生。他说他将我从贫民窟带出来，娶了我，我说——啊，现在说这些还有什么意义呢？我永远都无法原谅我自己。您知道的，波洛先生，我以前总会说两句好话缓和一下气氛，可我怎么会知道那天晚上他会被杀呢？可怜的老鲁本。"

波洛同情地倾听着她的爆发。

"我惹您伤心了。"他说，"我很抱歉。现在让我们以公事公办的态度来说吧——非常现实、非常精确。您仍旧坚持认为是特里夫西斯谋杀了您的丈夫吗？"

阿斯特韦尔爵士夫人抬起头来。

"一个女人的直觉，波洛先生，是不会错的。"她严肃地说。

"确实、确实。"波洛说，"但他是什么时候下手的呢？"

"什么时候？当然是在我离开之后。"

"您是在十一点四十五分离开鲁本爵士的，十一点五十五分，莱弗森先生进了屋。您是说在这十分钟里，秘书从他的卧室出来杀害了爵士？"

"这是完全有可能的。"

"那很多事情都是有可能的了。"波洛说，"这件事确实可能在十分钟内完成。哦，是的！但实情是这样的吗？"

"当然，他说他当时睡着了。"阿斯特韦尔爵士夫人说，"但谁知道那是不是真的呢？"

"没有人看到他曾走出自己的卧室。"波洛提醒她。

"所有人都早早上床并且很快睡着了。"阿斯特韦尔爵士夫人理直气壮地说，"当然没有人看到他。"

"我有些怀疑。"波洛自言自语道。

一段短暂的停顿后，波洛说："那么，阿斯特韦尔爵士夫人，祝您晚安。"

5

乔治将摆着早上醒神咖啡的盘子放在主人的床边。

"先生，玛格雷夫小姐在谋杀发生的那天晚上，穿了一件浅绿色的雪纺裙。"

"谢谢，乔治，你是最可靠的。"

"第三女仆负责照看玛格雷夫小姐，她的名字叫格拉迪斯。"

"谢谢，乔治。你真是无价之宝。"

"您客气了，先生。"

"这是一个不错的早晨。"波洛说，看着窗外，"看起来没有人会很早起床。我想，我的好乔治，如果我们现在去阁楼房间做

137

一个小试验，应该不会有人打扰。"

"您需要我也去，先生？"

"这个试验不会让你痛苦的。"波洛说。

阁楼房间的窗帘还拉着。乔治正要拉开，波洛阻止了他。

"我们要让房间保持它原来的样子。只是把台灯打开吧。"

男仆照办了。

"现在，我的好乔治，坐在那把椅子上，假装在写字。很好。我呢，抓着一根棍子，偷偷走到你身后，然后，敲了你的后脑勺。"

"好的，先生。"乔治说。

"啊！"波洛说，"当我敲你的时候，你就不要继续写字了。因为我不可能像杀死鲁本爵士的凶手那样敲你的头，就要靠我们假装了。我敲了你的头，你瞬间瘫倒，这样。胳膊放松，身体瘫软。请允许我调整一下你的姿势。不是这样，不要绷起你的肌肉。"

他懊恼地叹了口气。

"乔治，你能完美地熨裤子。"他说，"但似乎不具备想象力。站起来吧，让我们互换位置。"

波洛坐到了写字台前。

"我在写字。"他说，"我写得很投入。你偷偷从我背后靠近，用棍子打了我的头。哗！笔从我的手里掉出来，我向前倒下，但没有倒过去很多，因为椅子矮、桌子高，以及我还有手臂支撑。帮个忙，乔治，走回门口，站在那儿，告诉我你看到了什么。"

"啊哈！"

"怎么了，乔治？"波洛语带期待。

"先生，我看到您正坐在桌边。"

138

"坐在桌边？"

"在这里有点不太容易看清楚，先生。"乔治解释道，"距离这么远，先生，而且那盏台灯太昏暗了。我可以开灯吗，先生？"

他的手已伸向开关。

"不用。"波洛厉声道，"我们必须这样。我趴在桌子上，你站在门边。现在走近点，乔治，往前走，然后把你的手放在我的肩上。"

乔治照做了。

"稍微靠着我，乔治，像是你自己差点儿没站稳，然后扶了我一下。啊！就是这样。"

赫尔克里·波洛瘫软的身体巧妙地往一侧倒下。

"我倒下来了——就是这样！"他观察着，"是的，这推测很合理。现在，我要做一件最重要的事情。"

"什么，先生？"男仆问道。

"是的，我必须去吃一顿美味的早餐。"

小个子男人为自己说的笑话开心大笑。

"乔治，胃是不能被忽视的。"

乔治保持着沉默。波洛高兴地走下楼，咯咯地笑着。他对案件渐渐展现出轮廓感到满意。吃完早饭，波洛跟第三女仆格拉迪斯交谈了一会儿，兴致勃勃地聆听了她对案情的看法。她虽然同情查尔斯，但毫不怀疑他就是凶手。

"可怜的年轻绅士。先生，这看上去很残酷，确实如此，他当时肯定和平时不一样。"

"他和玛格雷夫小姐应该相处得挺融洽的吧。"波洛提示道，"毕竟他们是这个家里仅有的两个年轻人。"

格拉迪斯摇了摇头。

"莉莉小姐在刻意疏远他。她很直白地表示过,她是不会做蠢事的。"

"他喜欢她,对吗?"

"哦,应该说只是有点动心,先生。这也没什么害处。现在是维克多·阿斯特韦尔先生在体面地追求莉莉小姐。"

她咯咯地笑了起来。

"哦,真的吗!"

格拉迪斯又咯咯地笑了起来。

"他第一眼就爱上了她。莉莉小姐像百合花一样,不是吗,先生?她个子那么高,还有一头美丽的金发。"

"她适合穿绿色的晚礼服。"波洛笑道,"就是那种绿色——"

"她有一件,先生。"格拉迪斯说,"当然,她现在不能穿,还在服丧期。鲁本爵士过世那晚她就穿着那条裙子。"

"她适合浅绿色,而不是深绿色。"波洛说。

"是浅绿色的,先生。如果您能稍微等一等,我可以拿给您看。莉莉小姐刚刚带着狗出去了。"

波洛点了点头。他跟格拉迪斯一样清楚这件事。事实上,他是看到莉莉离开了宅子才叫来女仆的。格拉迪斯匆忙离开,几分钟后拿着一件挂在衣架上的绿色晚礼服回来了。

"真是精美!"波洛低声赞赏道,"请允许我拿到阳光下看看。"

他从格拉迪斯手里接过裙子,背过身快步走到窗边。他弯下身子看了看,又伸直手臂举着看了一下。

"完美。"他说,"真是美极了。非常感谢你将它拿给我看。"

"不用谢,先生。"格拉迪斯说,"我们都知道法国人对女士的裙子很有兴趣。"

"你真是太好了。"波洛嘟囔道。

他看着她又一次匆忙地拿着裙子离开。之后，他低头看着自己的手微微一笑。他的右手拿着一个小小的指甲剪，左手里则是一小片整齐地剪下来的绿色雪纺。

"现在，"他轻声道，"该放手一搏了。"

波洛回到自己的房间，把乔治叫了进来。

"我的好乔治，梳妆台上有一个金色的胸针，你去拿来。"

"好的，先生。"

"脸盆架那里有瓶苯酚溶液，请你将胸针的尖端浸进溶液中。"

乔治照做了。他早就不再对主人的古怪行径感到惊异了。

"我照做了，先生。"

"非常好！现在过来，把针尖插进我的食指。"

"先生，您是要我扎您？"

"是的，你猜得没错。你必须扎出血来，但不用出太多血。"

乔治握着主人的手指。波洛闭上眼睛向后靠了靠。这位男仆用胸针扎了他的手指，波洛尖叫了一声。

"谢谢，乔治。"他说，"你真是太有用了。"

他从口袋里掏出一小片绿色雪纺，小心翼翼地将手指在上面按了按。

"实验成功了，像个奇迹。"波洛盯着战果评价道，"乔治，你不好奇吗？这真是令人敬佩。"

男仆小心地望了一眼窗外。

"抱歉，先生。"他轻声道，"刚刚有一位男士开着一辆大轿车进庄园了。"

"啊！啊！"波洛说，他兴致勃勃地站起身，"是那位神出鬼没的维克多·阿斯特韦尔先生。我要下楼去见见他。"

不见其人先闻其声，波洛先听到从门口传来一个洪亮的声音。

"小心点，你这个蠢货！这个箱子里有玻璃。帕森斯，该死的，不要挡路！放下，你这个白痴！"

波洛踏着小碎步敏捷地走下楼梯。维克多·阿斯特韦尔是一位壮硕的男子。波洛礼貌地对他鞠了个躬。

"你是谁？"大个子男人咆哮道。

波洛又鞠了一次躬。

"我的名字叫赫尔克里·波洛。"

"我的老天！"维克多·阿斯特韦尔说，"所以南希最终还是找了你，是吧？"

他把手放在波洛的肩上，然后把他拽到了书房。

"所以你就是那个他们吹上天的家伙。"他上下打量了一下波洛说道，"请原谅我刚刚说的那些粗俗的话。我的司机是个混账家伙，帕森斯总能惹我发火，十足的老傻瓜。"

"我就是没办法忍受蠢货。"他用半道歉的口吻说，"不过人人都说你不是个傻瓜，对吧，波洛先生？"

他开心地笑了起来。

"认为我是傻瓜的人都犯下了可悲的错误。"波洛平静地回答道。

"是吗？好吧。所以南希把你运到这里来——她认定秘书是凶手了，完全着魔了。她的猜想毫无道理，特里夫西斯温顺得像牛奶一样——我相信他也喝牛奶。那家伙是个禁酒主义者。这一趟简直就是浪费时间，对吧？"

142

"只要有机会观察人性，时间就不算被浪费。"波洛平静地回答道。

"人性，哼？"

维克多·阿斯特韦尔盯着他，然后猛地坐到一把椅子上。

"我能为你做什么？"

"是的，您能告诉我您和您哥哥那天晚上在争吵什么吗？"

维克多·阿斯特韦尔摇了摇头。

"跟这案子无关。"他断然拒绝。

"没人能确定这一点。"波洛说。

"我们的对话跟查尔斯·莱弗森毫无关系。"

"阿斯特韦尔爵士夫人认为查尔斯跟谋杀毫无关系。"

"哦，南希！"

"帕森斯只是猜测查尔斯·莱弗森先生回家了，但他没有看到他。请记住，没有人见到他。"

"这很简单。鲁本大骂了年轻的查尔斯一通——我必须说，也是有理由的。之后，他试图拿我来撒气。我告诉了他一些家里事情的真相，我当时决定站在那个男孩那边，就想气气他。那晚我和他约好了见面，告诉他有关土地的情况。我回房后没有马上上床睡觉，而是半开着门，坐在椅子上抽烟。我的房间在三楼，波洛先生，就在查尔斯的房间旁边。"

"抱歉打断一下——特里夫西斯先生他也睡那层吗？"

阿斯特韦尔点了点头。

"是的，他的房间就在我的旁边。"

"靠近楼梯那头？"

"不，另一边。"

波洛露出了好奇的神情，但对方并没有留意，继续说下去。

143

"如我所说，我在等查尔斯。果然如我所预料，先听到了前门关上的声音，那时大概是十一点五十五分。但过了十分钟，查尔斯还没有上楼。当他终于走上楼梯的时候，我看出来他那晚没遇到什么好事。"

他刻意地抬了抬眉毛。

"我明白了。"波洛嘟囔道。

"可怜的家伙路都走不直。"阿斯特韦尔说，"样子也糟糕透了，我当时以为他不太舒服呢。当然，现在我知道那是因为他刚刚犯下谋杀罪。"

波洛提出了一个小问题。

"你没有听到从阁楼传来什么声音？"

"没有。不过我在建筑物的另一头。墙很厚。我相信即使当时有人开枪，在我那儿也听不到。"

波洛点了点头。

"我问他是否需要我扶他上床。"阿斯特韦尔继续说道，"但他说他没事。之后他走进了房间，摔上了门。我也脱了衣服去睡觉了。"

波洛若有所思地盯着地毯。

"阿斯特韦尔先生，"他终于开口道，"您知道您的证言非常重要吧？"

"我想是的，至少——你是什么意思？"

"您证明了在前门关上到莱弗森先生走上楼之间相隔了十分钟。据我所知，他说他回家之后直接上床了。但看来不是这么简单。我承认阿斯特韦尔爵士夫人对秘书的指控是凭空想象，但是直到现在为止，都没有证据证明这个指控是完全不可能的。不过您的证词给了他一个不在场证明。"

"怎么说？"

"阿斯特韦尔爵士夫人说她于十一点四十五分离开了她的丈夫，而秘书是在十一点上床睡觉的。他唯一可能的犯罪时间是十一点四十五分到查尔斯·莱弗森回来之间。现在，如果如您所说，您坐在房间里，开着门，那他不可能从房间里出来而不被您看见。"

"是这样的。"对方表示同意。

"没有其他下楼的通道了吧？"

"没有。要去阁楼，他必须经过我门前，而他并没有出现。我很肯定。而且，不管怎么说，波洛先生，正如我刚才所说的，那个人温顺得像个牧师，我向你保证这一点。"

"是的、是的。"波洛安抚道，"我知道。"他停顿了一下，"但您仍然不打算告诉我您和鲁本爵士为什么争吵？"

对方的脸涨得通红。

"你从我这儿打探不到任何东西。"

波洛抬头看着天花板。

"我一向很谨慎，"他低语道，"当有女士牵扯其中的时候。"

维克多·阿斯特韦尔猛地跳了起来。

"该死的，你怎么——你什么意思？"

"我指的是莉莉·玛格雷夫小姐。"波洛说。

维克多·阿斯特韦尔站在那儿犹豫了一两分钟，然后他的脸色平静了下来，又坐下了。

"对于我来说，你聪明得过分了，波洛先生。是的，我们是为了莉莉吵架的。鲁本想向她捅刀子，他发现了一些关于那个女孩的事情——伪造推荐人之类的。但这些我一点都不信。

"之后他越说越离谱，指责她晚上偷偷下楼，跑到屋子外面

145

跟其他人碰面。我的天哪！我诅咒了他，我说曾有比他优秀的人因为说了比他刚刚所说的还要轻的指责而被杀。这让他闭嘴了。当我离开的时候，鲁本显然有点怕我。"

"我毫不怀疑。"波洛表现得很礼貌。

"我对莉莉·玛格雷夫的评价很高。"维克多换了一种语气，"她绝对是个好女孩。"

波洛没搭话。他盯着前方，似乎在发呆，接着他猛地回过神来。

"我想，我必须出去透个气。这里有酒店吗？"

"两间。"维克多·阿斯特韦尔说，"在高尔夫球场上面的高尔夫酒店，和在车站边上的米特酒店。"

"谢谢。"波洛说，"是的，我应该出去散个步。"

高尔夫酒店，正如其名，坐落在高尔夫球场上，与高尔夫俱乐部的房子相邻。波洛宣称的"出去走走"的第一站就是这家酒店。这位小个子男士有自己的做事方式。进入高尔夫酒店三分钟之后，他已经在跟女经理兰登小姐私下打探消息了。

"我不想让您为难，女士。"波洛说，"但您看，我是名侦探。"

他一直喜欢简单明了。此时，这个方法立即奏效。

"一位侦探！"兰登小姐惊呼道，怀疑地看着他。

"不是来自苏格兰场。"波洛向她保证，"事实上——您可能已经注意到了？我不是一个英国人。没错，我是接受了私人请求，来调查鲁本·阿斯特韦尔爵士的死亡事件的。"

"真的吗！"兰登小姐充满期待地盯着他。

"正是如此。"波洛笑着说，"我只向像您这样谨慎的人透露这件事。我想，女士，您可能可以帮到我。您是否能想起任何一位住在这里的男士，在谋杀发生的那天晚上不在酒店，十二点或者十二点半才回来？"

兰登小姐瞪大了眼。

"您不会认为——"她吸了口气。

"杀人犯住在这里？不，不过我有理由相信，那天晚上住在这里的一位客人当晚去邦德堡那边逛了逛。如果真是如此的话，他可能目击了一些事情，虽然对他没有任何意义，但对我会有帮助。"

女经理貌似精明地点了点头，表现得像是完全理解了侦探的思路和逻辑。

"我完全明白。现在让我看看，那天的客人都有谁。"

她皱着眉，显然正在脑中回忆着名字，并不时翻阅一下记录，帮助她核对记忆。

"斯旺上尉，埃尔金斯先生，布莱昂特少校，老本森先生。不，先生，我相信没有人那天晚上不在酒店。"

"如果他们有人离开了，您会注意到的，对吧？"

"哦，是的，先生，您要知道，不太有人晚上外出。我的意思是，绅士们会外出用餐什么的，但他们不会在晚餐之后离开，因为——好吧，这里也没有地方去，不是吗？"

阿伯茨十字这里除了高尔夫，没有什么其他吸引人的地方了。

"确实如此。"波洛表示同意，"那么，女士，就您所记得的，那天晚上没有人离开酒店？"

"英格兰上尉和他妻子晚上出去吃晚饭了。"

波洛摇了摇头。

"我指的不是这类外出。我会去另一家酒店再碰碰运气，是叫米特酒店吧？"

"哦，米特酒店。"兰登小姐说，"当然，那里的人很可能出去走一走。"

她语气里的不屑虽然含糊，却很明确。波洛狡猾地撤退了。

6

十分钟之后，他对米特酒店说话直率的女经理科尔小姐重复了同样的话。米特酒店的装潢没有那么浮夸，价格比较低廉，坐落在车站边上。

"那天晚上有一位先生出门了，我记得是大约十二点半时回来的。这是他的习惯，在晚上的那段时间出去走走。之前也出去过一两次。让我想想，他叫什么来着？等一下，我记不起来了。"

她抽出一本大账本，开始翻阅记录。

"十九号、二十号、二十一号、二十二号。啊，在这里。内勒，汉弗莱·内勒少尉。"

"他之前在这儿住过吗？您对他熟悉吗？"

"住过一次。"科尔小姐说，"大约两个星期之前住过。我记得那次他也在晚上出去逛了一圈。"

"他是来打高尔夫球的吗？"

"我猜是的。"科尔小姐说，"大部分绅士都是为了这个来的。"

"确实如此。"波洛说，"好的，女士。我对您无限感激，并且祝您度过愉快的一天。"

他回到了邦德堡，表情若有所思，几次从口袋里拿出了什么东西看着。

"这个计划必须实行。"波洛自言自语道,"而且必须快,只要一有机会就实行。"

回到宅子后,他第一件事就是问帕森斯玛格雷夫小姐在哪儿。然后被告知她在小书房里处理阿斯特韦尔爵士夫人的信件,这个回答似乎让波洛很满意。

他毫无困难地找到了小书房。莉莉·玛格雷夫坐在窗边的书桌前写着东西。房间里除了她没有其他人。波洛小心地关上门,向女孩走去。

"小姐,我能否占用您一点时间?"

"当然。"

莉莉·玛格雷夫把文件放到一边,转过身来面对着波洛。

"我能为您做些什么?"

"在悲剧发生的那天晚上,小姐,据我所知,当阿斯特韦尔爵士夫人去找她丈夫的时候,您直接回房间休息了。是这样的吗?"

莉莉·玛格雷夫点了点头。

"您再没有下过楼,无论出于什么原因?"

女孩摇了摇头。

"我记得您说过,小姐,您那天晚上没有去过阁楼?"

"我不记得跟您这么说过,不过这确实是事实。我那天晚上没去过阁楼。"

波洛扬了扬眉毛。

"奇怪。"他嘟囔道。

"您什么意思?"

"非常奇怪。"波洛又咕哝了一句,"那么,您怎么解释这个?"

他从口袋里掏出一小片沾着污渍的绿色雪纺,拿起来给女

149

孩看。

她的脸色没变，但他感觉到她猛吸了一口气。

"我不明白，波洛先生。"

"据我所知，您那天晚上穿了一件绿色的雪纺裙子，小姐。这个——"他轻敲了一下手中的布片，"是从衣服上扯下来的。"

"您在阁楼发现的？"女孩厉声问道，"在哪里？"

赫尔克里·波洛抬头看着天花板。

"我们暂且就说是在阁楼里发现的，如何？"

女孩的眼中第一次闪过了恐惧的神色。她开口了，但犹豫着没有出声，像在检查脑海里的字句。波洛看着她白嫩的手紧紧攥着书桌的边缘。

"我在回忆那晚我是否走进过阁楼……"她说，"我的意思是晚餐前。我不这么认为。我几乎可以肯定我没有。如果这片碎片一直都在阁楼里，警察没有立即发现它似乎非常不可思议。"

"警察，"小个子男人说，"不像赫尔克里·波洛那样想事情。"

"我可能在晚餐前跑进过书房一两分钟。"莉莉·玛格雷夫说道，"也可能是在前一晚。我那天穿着同一条裙子。是的，应该是前一晚。"

"我不这么认为。"波洛平静地说。

"为什么？"

他只是慢慢地摇了摇头。

"您这是什么意思？"女孩低声问道。

她身体前倾，盯着他，脸上没有一丝血色。

"小姐，您没有注意到碎片上的污渍吗？毫无疑问，这是人类的血迹。"

"您的意思是——"

"我的意思是，小姐，您在罪案发生之后去过阁楼，而不是在那之前。我想您应该告诉我所有的真相，以免更糟糕的事情发生在您身上。"

他站了起来，挺直了身子，用食指指着女孩。

"您是怎么发现的？"莉莉喘着气问道。

"这不重要，小姐。我只想告诉您赫尔克里·波洛知道。我知道关于汉弗莱·内勒少尉的所有事情，以及您在晚上出去见他。"

莉莉突然把头埋进手臂，哭了起来。波洛立刻改变了他指责的态度。

"好了、好了，我的小姑娘。"他拍着女孩的肩，"别难过了。对侦探赫尔克里·波洛来说没有什么是不可能的。一旦明白了这一点，您所有的麻烦都能解决。您会告诉我整件事的，对吗？您会告诉老波洛爸爸的，对吗？"

"不是您想象的那样，不是的，真的。汉弗莱——我的哥哥——没有碰他的一根头发。"

"您的哥哥，嗯？"波洛说，"所以谎言是从这里开始的。好了，如果您想让他免除嫌疑，现在就必须毫无保留地告诉我整件事情。"

莉莉又一次坐了起来，把额头的头发往后捋了捋。一两分钟后，她开了口，声音低沉却吐字清晰。

"我会告诉您真相的，波洛先生。我明白现在做任何其他的事情都是荒谬的。我的真名是莉莉·内勒，汉弗莱是我哥哥。几年前，他在非洲的时候发现了一座金矿，或者我应该说，他发现了金子。我无法准确向您陈述这个部分，因为我不知道那些技术细节。不过就结果而言，是这样的。

"看上去这会是一项非常大的工程，于是汉弗莱回来了，带着一封写给鲁本·阿斯特韦尔爵士的信，希望引起他的兴趣。时至今日，我还是不太清楚权益问题，不过我猜鲁本爵士派了专家去考察，然后他告诉我哥哥专家的看法并不乐观，他说汉弗莱你搞错了。之后我哥哥回到非洲，去内陆考察，然后就失去联系了。当时人们猜测他和整个探险队成员都丧命了。

"在那之后，很快出现了一家新公司，专门探索姆帕拉金矿。后来我哥哥回到英国，立马认出这个金矿就是他之前发现的那个。表面上看，鲁本·阿斯特韦尔爵士跟这家公司毫无关系，看上去他们是自行发现那个地方的。然而我哥哥不相信，他坚信鲁本爵士骗了他。

"这件事把他变得越来越暴力、整日郁郁寡欢。我们两个在这个世界上相依为命，波洛先生，因此我必须出来做事养活自己。我想到可以来这里找份工作，同时看看鲁本爵士和姆帕拉金矿是否真的有些联系。自然，我隐藏了自己的真实姓名，而且我必须承认，我用了一封假推荐信。

"这个职位有很多应征者，他们大都比我经验更丰富，所以——好吧，波洛先生，我伪造了一封由佩斯郡公爵夫人写的推荐信，信上对我评价很高，我知道那位夫人去了美国。我想一位公爵夫人的话应该会打动阿斯特韦尔爵士夫人，事实证明我是对的。她当场雇用了我。

"自那之后，我变成了一个可恨的角色，一个间谍，而且直到最近都完全没有收获。鲁本爵士不是那种会随意泄露商业机密的人。不过后来维克多·阿斯特韦尔从非洲回来了，他说话时没那么防备，而我终于开始相信，汉弗莱没有弄错。我哥哥大约在谋杀案发生的两周前来过这里，我晚上溜出去偷偷见他。我告诉他维克多·阿斯特韦尔所说的事情，他很兴奋，说我绝对找到了正确的线索。

"但之后事情却不顺利了。有人看到我偷偷溜出去，便把这事报告给了鲁本爵士。他起了疑心，并且开始调查我的介绍信，很快就发现是伪造的。危机在谋杀发生的那天降临了。我想他认为我的目标是他妻子的珠宝。不管他怀疑的是什么，他都不准备让我再在邦德堡待下去了，不过他同意不就推荐信的事情起诉我。阿斯特韦尔爵士夫人始终站在我这边，大胆地为我跟鲁本爵士对抗。"

她停下来。波洛面色沉重。

"现在，小姐，"他说，"我们说到谋杀案发生当晚了。"

莉莉吞了口口水，点了点头。

"在这之前，波洛先生，我必须先告诉您，我哥哥又来了，而我再次偷跑出去见了他一面。如之前所说，晚上我回到自己的房间，但我没有上床休息，而是一直等到所有人都差不多睡了，然后悄悄地再一次下楼，从侧门溜了出去。我见了汉弗莱，简单地跟他说明发生了什么。我告诉他我相信他想要的文件在鲁本先生阁楼的保险箱里。我同意在那晚做最后一次绝望的尝试，看看能否拿到。

"回房子时我能很清楚地看到路。穿过边门的时候我听到教堂的钟敲了十二下。我走到楼梯一半的时候，听见有什么东西掉在地上，以及有人大叫了一声'我的天'，一两分钟之后，阁楼的门开了，查尔斯·莱弗森走了出来。借着月光，我可以清晰地看到他的脸。但我蹲在他下面的几级楼梯的阴影中，他完全没有看到我。

"他在那儿站了一会儿，活动着脚踝，看上去脸色苍白。他似乎在倾听什么，之后努力振作了一下，打开阁楼的门走了进去，喊着没发生什么事之类的话。他的语气轻松愉快，但他的表情暴露了他是在说谎。他又等了一分钟，然后慢慢地走上楼梯，离开了我的视野。

　　"他走了之后我又等了一两分钟，然后偷偷溜进阁楼。我有种感觉，刚刚发生了什么悲剧。主灯关着，但台灯开着。借着灯光，我看到鲁本爵士躺在书桌边的地板上。我不知道我当时是怎么做到的，但我鼓起勇气，走过去在他身旁跪下。我一下就看出他已经死了，被人从背后袭击。不过他没死多久，我碰了他的手，还是温的。这一切太可怕了，波洛先生。太可怕了！"

　　她因这段回忆而再次颤抖起来。

　　"之后呢？"波洛问，很感兴趣地看着她。

　　莉莉·玛格雷夫点了点头。

　　"是的，波洛先生，我知道您在想什么。为什么我没有敲钟把大家都叫起来？我应该这么做的，我知道。但那一瞬间我想到，此时我跪在这儿，之前我还跟鲁本爵士吵过架，还偷偷溜出去见汉弗莱，以及我明天就要被遣散走，这些都导向一个致命的结果。他们会说是我让汉弗莱溜进来，然后汉弗莱为了报仇杀了鲁本爵士。即便我说我看到查尔斯·莱弗森走出了房间，也没有人会相信我。

　　"这太可怕了，波洛先生！我跪在那儿，想了又想，但越想越没有勇气。过了一会儿，我注意到鲁本爵士的钥匙在他倒下的时候从口袋里掉出来了。其中有一把是保险箱的钥匙，而我早就知道密码了，因为阿斯特韦尔爵士夫人有一次提起被我听到了。我走到了保险箱前，波洛先生，我打开了它，小心地翻查所有的文件。

"终于，我找到了我要找的东西。汉弗莱是完全正确的。鲁本爵士正是姆帕拉金矿背后的老板，他欺骗了汉弗莱，这使得整件事情更加糟糕。这给了汉弗莱实施谋杀一个完美的动机。我将文件放回保险箱，将钥匙留在门上，然后径直回到自己的房间。第二天早上，当女仆发现尸体的时候，我假装和其他人一样非常吃惊，并且受到了惊吓。"

她停了下来，可怜兮兮地看着波洛。

"您一定要相信我，波洛先生。哦，说您相信我！"

"我相信您，小姐。"波洛说，"您解释了很多让我觉得困惑的事情。比如您对查尔斯·莱弗森是凶手坚信不疑，同时又极力阻止我来这里。"

莉莉点了点头。

"我害怕您。"她坦率地点了点头，"阿斯特韦尔爵士夫人无法像我一样清楚地知道查尔斯·莱弗森是凶手，而我又什么都不能说。我抱着一线希望，就是您能拒绝接手这个案子。"

"如果您没有表现出那么明显的焦虑，我可能会这么做。"波洛干巴巴地回答道。

莉莉迅速地看了他一眼，嘴唇微微颤抖了一下。

"那么现在，波洛先生，您——您会怎么做？"

"我什么都不会对您做的，小姐。我相信您的话，并全盘接受。接下来我要去伦敦见米勒督察。"

"然后呢？"莉莉问。

"然后会怎样呢，"波洛说，"我们拭目以待吧。"

在书房门外，他又看了看手上沾有污渍的绿色雪纺布碎片。

"太神奇了。"他满意地自言自语道，"赫尔克里·波洛的想法真是太巧妙了。"

7

米勒督察并不是特别喜欢赫尔克里·波洛。苏格兰场有一小群督察很欢迎这个小个子比利时人提供帮助，但他不属于其中一员。他总认为赫尔克里·波洛得到的评价过高。他对这次这个案子非常有信心，因此以玩笑话跟波洛打了声招呼。

"你是代表阿斯特韦尔爵士夫人的，对吧？哦，你真是挑了件艰巨的差事。"

"这件案子，呃……没有什么值得怀疑的地方了？"

米勒眨了眨眼。"除了当场被抓现行的谋杀案，没有比这件案子更清晰的案子了。"

"我相信莱弗森先生提供了一份供词？"

"他最好闭上嘴。"督察说，"他一遍又一遍地说他直接回了自己的房间，没去找过他舅舅。一套愚蠢的说辞。"

"这显然跟证据不符。"波洛嘟囔道，"你对他的印象如何，这个叫莱弗森的年轻人。"

"该死的年轻蠢货。"

"是一个性格懦弱的人吗？"

督察点了点头。

"几乎让人无法相信这种类型的年轻人居然可以——你们怎么说的来着——居然有胆子犯下这种罪行。"

"表面上看确实如此。"督察同意了，"但是，我看过很多这样的案件。把一个堕落的年轻人逼到没有退路，给他灌足够多的酒，再给他一点时间，你就能让他爆发。被逼到无路可退的懦弱的人比强大的人更加可怕。"

"确实如此，是的，你说得很对。"

米勒挺直了腰。

"当然，你有权调查，波洛先生。"他说，"无论如何你都会收到你的咨询费，自然需要假装检查一下证据来满足爵士夫人。我完全明白这些。"

"您明白的事情真有趣。"波洛咕哝着离开了。

第二站他拜访了查尔斯·莱弗森的辩护律师。梅休先生是一位消瘦、干巴而谨慎的绅士，他一开始还有所保留。不过波洛有一套增强对方信任的方法，十分钟之后，两个人就友善地交谈了起来。

"请您明白，"波洛说，"我在这个案子里仅代表莱弗森先生的利益。这也是阿斯特韦尔爵士夫人的愿望，她坚信他是无罪的。"

"当然、当然，确实如此。"梅休先生毫无热情地说道。

波洛眨了眨眼。"您似乎不太看重阿斯特韦尔爵士夫人的意见？"

"她也许明天就会像现在肯定他无罪这样肯定他有罪。"律师态度冷淡地说。

"她的直觉当然不是证据。"波洛表示同意，"而从表面上看，这起案子对这位可怜的年轻人非常不利。"

"很可惜他对警察说了他当时做了什么。"律师说，"他坚持的那套说辞对他一点好处都没有。"

"他对您也坚持了那套说辞？"波洛询问道。

梅休先生点点头。"他的说法一成不变，像鹦鹉一样一直重复。"

"这毁了您对他的信任。"这话逗得对方笑了笑，"啊，别否认。"波洛迅速地补充道，并举起一只手，"我很清楚地看到了这一点。在您心里，您坚信他是有罪的。不过，现在听我说，我赫尔克里·波洛，想向您陈述一下案情。

　　"这个年轻人回到家之前喝了一杯又一杯的鸡尾酒，毫无疑问还喝了很多加了苏打水的英国威士忌。他满怀……你们是怎么形容的来着？——他像个勇敢的荷兰人。在这种情绪下，他用自己的钥匙开门进了家门，摇摇晃晃地走到阁楼。他在门边朝屋里看去，在昏暗的灯光下，看到舅舅趴在书桌边。

　　"莱弗森先生此时如之前所说，像个英勇的荷兰人。他大胆地告诉舅舅他是怎么看待他的。他挑衅他、辱骂他，然而舅舅没有任何回应。于是他更加大胆，一遍又一遍地重复自己说过的话，且越说越大声。终于，舅舅长久的沉默让他有些清醒过来。他走近舅舅，推了推他的肩膀，而舅舅在他的一碰之下整个人瘫下来，摔在了地上。

　　"莱弗森先生的酒一下子醒了。他撞倒了椅子，在鲁本先生的尸体旁弯下腰察看，这才意识到发生了什么。他看了看自己的手，上面沾着些温暖的红色东西。他慌了，愿意做任何事情来撤销自己刚刚进屋时咒骂的话语，以及在屋里回荡的回声。他下意识地扶起椅子，然后匆忙走出门去听了一会儿。他觉得自己听到了声音，便立刻近乎本能地假装正在敞开的门外跟他的舅舅说话。

　　"声音没再出现，他相信他听错了。现在周围一片安静。他溜回了自己的房间，立刻决定假装那晚从来没去找过他的舅舅，他觉得这样一切会好很多。于是他编了那套说辞。记得吗，帕森斯说他那时什么都没听到，但莱弗森已经来不及改口了。他不聪明，而且固执，继续坚持自己的说辞。告诉我，先生，这个推理听上去是否合理？"

"是。"律师说，"我想你的这个推理是合理的。"

波洛站起了身。

"您可以见到莱弗森先生。"他说，"跟他说说我的这个推理，问问他实情是不是这样的。"

波洛走出律师的办公室，拦了一辆出租车。

"哈利街① 三四八号。"他低声对司机说。

8

波洛没有事先说明就去了伦敦一事让阿斯特韦尔爵士夫人吃了一惊。在他离开了二十四小时又回到宅子后，帕森斯告诉他阿斯特韦尔爵士夫人想尽快见见他。夫人在自己的卧室里。她躺在长沙发上，脖子下垫着靠垫，看上去病恹恹的，有些憔悴，完全没有波洛上次拜访时见到的神采。

"波洛先生，你回来了？"

"我回来了，夫人。"

"你去伦敦了？"

波洛点了点头。

"你没有告诉我你要去伦敦。"阿斯特韦尔爵士夫人厉声说道。

"非常抱歉，夫人。这是我的错，我应该告诉您的。下次——"

"下次你还是会这么做的。"阿斯特韦尔爵士夫人机灵又幽

---

①哈利街是伦敦城内的一条以聚集大量名医和诊所而闻名的街道。

默地打断了他，"先把事情做了再告诉别人，这果然是你的座右铭。"

"也许这也是夫人您的座右铭？"波洛眨了眨眼。

"是的，偶尔。"对方承认了，"波洛先生，你去伦敦做什么？这你可以告诉我吗？"

"我跟我们的好督察米勒见了一面，然后还见了优秀的梅休先生。"

阿斯特韦尔爵士夫人端详着他的表情。

"那么，你怎么认为？"她慢慢地说。

波洛直视着她。

"查尔斯·莱弗森有可能是无辜的。"他严肃地说。

"哦！"阿斯特韦尔爵士夫人跳了起来，把两个靠枕碰到了地板上，"那么，我是对的了，我是对的！"

"我只是说有这个可能性，夫人，仅此而已。"

他语气里的什么引起了她的注意。她半坐起来，用一只胳膊撑着头，目光锐利地看着他。

"我能做什么吗？"她问。

"是的。"波洛点了点头，"您可以告诉我，阿斯特韦尔爵士夫人，您为什么怀疑欧文·特里夫西斯。"

"我告诉过你，我就是知道——仅此而已。"

"很不幸，这不够。"波洛冷冷地说，"夫人，请您回想一下那个致命的夜晚，回想所有的细节、所有微小的事件。您注意或者看到秘书做什么了吗？我，赫尔克里·波洛相信，您一定看到了什么。"

阿斯特韦尔爵士夫人摇了摇头。

"我整晚都几乎没注意过他。"她说，"肯定也没想起过他。"

"您当时在想其他的事情？"

"是的。"

"想着您丈夫对莉莉·玛格雷夫小姐的不满？"

"是的。"阿斯特韦尔爵士夫人点了点头，"你似乎知道所有事情，波洛先生。"

"我确实知道所有事情。"小个子男人得意扬扬地说。

"我喜欢莉莉，波洛先生，你也看到了。鲁本却因为推荐人以及其他一些这样那样的事情大吵大闹。听我说，我没有说她在这件事上没有说谎，她确实伪造了推荐人。但老天保佑，以前我做过很多更糟糕的事。你必须耍各种小手段才能搞定剧场经理。那时我什么样的假话都敢去写、去说。

"莉莉想要这份工作，于是耍了一些不是那么——好吧，不是那么上得了台面的花招。男人在这方面很愚蠢，他说的好像莉莉以前是一个银行收银员，卷了几百亿潜逃了一样。我那一整晚都很忧虑，因为虽然我一般最后都能搞定鲁本，但他有时真的蠢得可以，就是个猪脑袋，可怜的家伙。所以，我没有时间关注秘书。无论如何，没人会太关注特里夫西斯先生。他只是待在那儿，就这样。"

波洛说："我注意到特里夫西斯先生不是那种会站出来的人，他不引人注目，也不会突然爆发。"

"是的，他不是。"阿斯特韦尔爵士夫人说，"他不像维克多。"

"维克多·阿斯特韦尔先生，我必须说，是个火药桶。"

"这真是个非常贴切的形容。"阿斯特韦尔爵士夫人说，"他在家里随时爆发，像炮火似的。"

"一个急脾气？"波洛说。

"哦，他一发起怒来完全就是个恶魔。"阿斯特韦尔爵士夫人说，"但老天垂怜，我不怕他。维克多是只只吠不咬的狗。"

波洛看着天花板。

"您无法告诉我任何那晚和秘书有关的信息了？"他柔声嘟囔道。

"我告诉你了，波洛先生，我就是知道。这是直觉，女人的直觉——"

"那是没有办法让一个人被判死刑的。"波洛说，"更重要的是，也无法拯救一个即将因此被判死刑的人。阿斯特韦尔爵士夫人，如果您真的相信莱弗森先生是无辜的，同时确定对这个秘书的怀疑是有根据的，您是否愿意做一个小试验呢？"

"什么样的试验？"阿斯特韦尔爵士夫人狐疑地问。

"您是否同意接受催眠？"

"为了什么？"

波洛向前探了探身子。

"如果让我来说的话，夫人，您可能不相信，但您的直觉是建立在一些下意识间看到的事情上的。我只能说，这个试验可能会对查尔斯·莱弗森，那个不幸的年轻人很重要。您不会拒绝吧？"

"谁来催眠我呢？"阿斯特韦尔爵士夫人继续狐疑地问，"你吗？"

"我的一个朋友，阿斯特韦尔爵士夫人。如果我没弄错，他刚刚到了。我听到外面有车开进来的声音。"

"他是谁？"

"哈利街的卡扎勒特医生。"

"他——可信吗？"阿斯特韦尔爵士夫人担忧地问道。

"他绝对不是个骗子，夫人，如果您是在担忧这个的话。您可以完全相信他。”

“好吧。”阿斯特韦尔爵士夫人叹了口气，“我认为这些都是胡说八道，不过你如果想的话可以试试。我不会妨碍你的调查的。”

“非常感谢，夫人。”

波洛匆忙离开了房间。几分钟之后他又回来了，带着一位兴致勃勃、戴着眼镜的圆脸小个子男士。他的形象和阿斯特韦尔爵士夫人心中认为的催眠师大相径庭，这让夫人有些失望。波洛介绍了他。

“好吧。”阿斯特韦尔爵士夫人好脾气地说道，“怎么开始这个把戏？”

“很简单，阿斯特韦尔爵士夫人，很简单。”小个子医生说，“只需要您躺下来，对——这样就可以了，好的。请放松。”

“我很难放松。”阿斯特韦尔爵士夫人说，“我希望能不理我的意愿直接把我催眠。”

卡扎勒特医生粲然一笑。

“但您同意了，这就不是违背您的意愿，对吧？”他愉快地说，“这就对了。波洛先生，能请您把灯都关了吗？阿斯特韦尔爵士夫人，您只要睡着就可以了。”

他稍微调整了一下姿势。

“现在很晚了，您变得很困——非常困。您的眼皮很重，慢慢闭上了——闭上了——闭上了。您很快就会入睡……”

他的声音低沉、轻柔、单调。过了一会儿，他附下身，轻柔地翻了翻阿斯特韦尔爵士夫人的右眼皮，然后回过身，冲波洛满意地点了点头。

“可以了。”他低声说道，“我可以继续了吗？”

"请。"

医生用严厉且充满权威的口吻说："阿斯特韦尔爵士夫人，您睡着了，但仍能听到我的声音，并且可以回答我的问题。"

躺在沙发上的人一动不动，也没有睁开眼睛，但用一种不带变化的语调低声回答道："我可以听到你的声音，可以回答你的问题。"

"阿斯特韦尔爵士夫人，我现在要你回到你丈夫被杀的那天夜里。你还记得那个夜晚，对吧？"

"是的。"

"你坐在晚餐桌边。描述一下你看到了什么、有什么感觉。"

躺在沙发上的人有些不安地动了动。

"我很紧张。我很担心莉莉。"

"我们知道。告诉我们你看到了什么。"

"维克多在吃盐烤杏仁，他很贪吃。明天我要告诉帕森斯不要在他那头摆小零食了。"

"请继续，阿斯特韦尔爵士夫人。"

"鲁本今晚一直在破坏气氛。我不认为完全是因为莉莉。似乎是生意上出了什么事情。维克多用一种奇怪的眼神看着他。"

"向我们描述一下特里夫西斯，阿斯特韦尔爵士夫人。"

"他衬衫的左袖口磨破了。他在头上抹了很多油。我真希望男士们都不要这么做，这会毁了客厅里的防尘罩。"

卡扎勒特看了看波洛，后者点了点头。

"阿斯特韦尔爵士夫人，现在晚餐结束了，你在喝咖啡。向我描述一下周围的情况。"

"今晚的咖啡很好，每天咖啡的质量都不稳定，在煮咖啡这件事情上，厨娘很不可靠。莉莉不断地看窗外，我不知道为什么。现在鲁本走进房间了，今晚他的脾气很糟糕，冲着可怜的特里夫西斯先生一顿臭骂。特里夫西斯先生的手里拿着裁纸刀，一把大裁纸刀，像小刀一样有锋利的刃。他把刀攥得真紧啊，指关节都捏白了。看，他那么用力地把刀插在桌子上，刀尖都卷了。他握那把裁纸刀的方式就像握着一把匕首准备袭击什么人一样。啊，他们一起走出去了。莉莉穿着绿色的晚礼服，绿色真衬她，她看上去就像百合花一样。我下周要把防尘罩都拿去清洗。"

"等一下，阿斯特韦尔爵士夫人。"

医生凑到波洛身边。

"我想我们找到了。"他悄声说，"那个抓着裁纸刀的动作，就是让她深信秘书是凶手的原因。"

"我们先让她去阁楼吧。"

医生点了点头，再次用坚定的声音高声询问阿斯特韦尔爵士夫人。

"夜深了，你跟你的丈夫一起在阁楼。你们爆发了一场可怕的争吵，是吗？"

躺着的人又一次不安地动了动。

"是的——很可怕——很可怕。我们彼此都说了非常过分的话。"

"现在不要再想这件事了。你可以清楚地看到房间里的状况，窗帘拉着，灯开着。"

"大灯没有开，只开了台灯。"

"你要离开了，你在向他道晚安。"

"不，我太生气了。"

"这是你最后一次见到他了，他很快就会被谋杀。你知道是谁杀了他吗，阿斯特韦尔爵士夫人？"

"是的，特里夫西斯先生。"

"你为什么这么认为？"

"因为凸出来了一块——窗帘凸出来了一块。"

"窗帘凸出来了一块？"

"是的。"

"你看到了？"

"是的，我几乎碰到了。"

"是有个人躲在那儿吗——特里夫西斯？"

"是的。"

"你怎么知道的？"

第一次，一直语气一成不变地回答问题的声音迟疑了一下，再开口时已不像之前那么有信心了。

"我……我……因为那把裁纸刀。"

波洛和医生又一次交换了一下眼神。

"我不明白，阿斯特韦尔爵士夫人，你说窗帘凸出了一块？有人躲在那里？你没有看到那个人？"

"没有。"

"你认为那是特里夫西斯先生，是因为他之前握裁纸刀的样子？"

"是的。"

"但是特里夫西斯先生已经上床休息了，不是吗？"

"是的——是的，是这样的。他回自己的房间了。"

"所以他不可能躲在窗帘后面？"

"不——当然不可能，他不在那里。"

"他稍早前已经跟你和你的丈夫道了晚安，对吗？"

"是的。"

"之后你就没再见过他了？"

"没有。"

她动了动，发出微弱的呻吟。

"她要醒过来了。"医生说，"不过我想我们已经得到所能知道的一切了？"

波洛点了点头。医生附身看向阿斯特韦尔爵士夫人。

"你正在苏醒。"他柔声说道，"现在你醒了。一分钟后你将会睁开眼睛。"

两个人等了一会儿，然后阿斯特韦尔爵士夫人坐了起来，盯着两个人。

"我刚才睡着了吗？"

"正是如此，阿斯特韦尔爵士夫人，只是小憩了一下。"医生说。

她看着他。

"你们的小把戏，嗯？"

"我希望您没有觉得不舒服。"他说。

阿斯特韦尔爵士夫人打了个哈欠。

"我觉得筋疲力尽。"

医生站起身。

"我去让他们给您准备一些咖啡送过来。"他说，"现在您休息一会儿吧。"

"我——说了什么？"两个人走到门口时，阿斯特韦尔爵士夫人突然问道。

波洛冲她笑了一下。

"没什么特别重要的，夫人。您告诉我们客厅的防尘罩需要清洗了。"

"是要洗了。"阿斯特韦尔爵士夫人说，"不需要催眠我来让我说这个。"她笑了起来，"还有什么？"

"您是否记得那晚特里夫西斯先生在客厅拿起了一把裁纸刀？"波洛问。

"我不记得了。"阿斯特韦尔爵士夫人说，"他可能这么做了。"

"那还记得凸起的窗帘吗？"

阿斯特韦尔爵士夫人皱了皱眉。

"我似乎记得，"她慢慢地说，"不——记不起来了，但——"

"阿斯特韦尔爵士夫人，不要给自己压力。"波洛飞快地说道，"这不重要——一点也不重要。"

医生跟波洛一起走进走廊尽头的房间。

"好了。"卡扎勒特医生说，"我想事情现在很清楚了。毫无疑问，当鲁本爵士辱骂秘书时，对方握紧了一把裁纸刀，这是一种防止自己回嘴的自我控制法。阿斯特韦尔爵士夫人的意识完全被莉莉·玛格雷夫占据了，但她的潜意识注意到了这一点，并错误地理解了这一行为。

"这在她的脑子里植入了特里夫西斯杀了鲁本爵士的想法。现在我们再来说说窗帘的凸起。这点很有意思。我记得你告诉我，阁楼的桌子就在窗前，当然，窗帘在窗边，对吧？"

"是的，我的朋友，黑色的天鹅绒窗帘。"

"而那间屋子的墙壁是倾斜的，所以窗帘和窗户之间有一定空间，可以藏一个人？"

"我想足够藏下一个人。"

"那么这至少是一种可能性。"医生慢慢地说，"有人躲在房间里，但如果是这样，那就不可能是秘书，因为他们两个人看着他离开了房间。也不可能是维克多·阿斯特韦尔，因为他离开房间的时候特里夫西斯看到了。同时不可能是莉莉·玛格雷夫。无论是谁躲在那里，都必须是在鲁本爵士回房之前就躲进去了。你已经跟我详细描述过当时的情形了。那么，有没有可能是内勒少尉？会不会是他躲在那儿？"

"有可能。"波洛赞同道，"他在酒店吃了晚饭，但没人能精确地说出他晚饭后是什么时候离开的。他是大约十二点半回到酒店的。"

"那么有可能是他。"医生说，"他犯下了谋杀案。他有动机，手边有凶器供他使用。不过你似乎不太满意这个想法？"

"我……我有另一个想法。"波洛坦白道，"告诉我，医生，我们假设阿斯特韦尔爵士夫人自己犯下了这桩罪行，她能在催眠中说谎吗？"

医生吹了个口哨。

"这就是你所想的？阿斯特韦尔爵士夫人是凶手，嗯？当然……有这个可能，在此之前我从没想过这个可能性。她是最后一个和死者在一起的人，那之后就没有人见过活着的爵士了。至于你的问题，我倾向于……不能。如果是这样的话，阿斯特韦尔爵士夫人会带着很强的精神警戒进入催眠状态，会对她自己的罪行只字不提。她会诚实地回答我的问题，但她会在某一点上保持沉默。不过我没想到她如此坚持特里夫西斯先生是有罪的。"

"我明白了。"波洛说，"我并不确定阿斯特韦尔爵士夫人是凶手，这只是一个想法，仅此而已。"

"这是个有趣的案子。"沉默了一会儿，医生说，"假设查尔斯·莱弗森是无罪的，那可能性就太多了：汉弗莱·内勒、阿斯特韦尔爵士夫人，甚至可能是莉莉·玛格雷夫。"

"你还漏了一个人。"波洛安静地说道，"维克多·阿斯特韦尔。据他自己说，他坐在房间里，开着门，等查尔斯·莱弗森回家。但关于此事我们只有他的证词，你明白了吗？"

"他是个暴脾气，对吧？"医生问，"是你跟我说过的那个人吧？"

"是的。"

医生站起身来。

"我该回城里去了。你会把之后的进展告诉我的吧。"

医生离开后，波洛拉铃叫来了乔治。

"一杯大麦茶，乔治。我需要放松神经。"

"好的，先生。"乔治说，"我立刻去准备。"

十分钟后，他为主人端上了一杯热茶。波洛高兴地闻了闻香气，小口地喝着，大声自言自语起来。

"世界各地的捕猎方式都不尽相同。抓狐狸的时候你要先放狗追，大喊大叫，努力地跟着跑，这是一场速度的对决。我没有打过鹿，不过我知道猎鹿需要先匍匐一段很长的距离，长时间地趴着，我的朋友黑斯廷斯向我描述过。现在我们所要采取的手法，我的好乔治，这两种都不是。让我们想想家猫，它们守在老鼠洞边，度过令人厌倦的漫长时间。什么都不做，也不消耗精力，但——它们不会走开。"

他叹了口气，把空杯子放在杯托上。

"我先前让你整理了只住几天所需的行李。明天，我的好乔治，你回伦敦一趟，为我准备两周所需的衣物用品带过来。"

"好的，先生。"乔治说。如往常一样，他没有表现出任何情绪。

赫尔克里·波洛看上去要长久地在邦德堡住下去了，这让许多人感到不安。维克多·阿斯特韦尔就此事向他的嫂子提出了抗议。

"这下可好了，南希。你不知道他这类人是什么样的，他已经兴高采烈地在这里建立了他的总部，舒适地住了差不多一个月了，这期间每天还要向你收取几畿尼的咨询费用。"

阿斯特韦尔爵士夫人的回复则是，她可以管好自己的事情，不需要其他人来干涉。

莉莉·玛格雷夫在极力隐藏她的不安。一开始她认为波洛相信了她的说法，但现在她不是非常确定了。

波洛并非完全按兵不动。住在这里的第十五天，晚餐的时候，他拿出一本指纹采集本。用这个方法来采集全家人的指纹看起来有些笨拙原始，不过也许正因如此，没有人敢拒绝。等这位小个子侦探回房间休息了，维克多·阿斯特韦尔说出了他的看法。

"你知道他是什么意思了吧，南希。他现在正在调查我们中的某个人。"

"别胡思乱想了，维克多。"

"哦，他带来的那个闪亮的小本子还有什么其他的意义吗？"

"波洛先生知道他在做什么。"阿斯特韦尔爵士夫人得意地说，并意味深长地看着欧文·特里夫西斯。

之后的一天，波洛又用一沓纸采集了所有人的脚印。第二天上午，他像猫一样无声地走进了书房，把欧文·特里夫西斯吓了一大跳，特里夫西斯像中枪了一样从椅子上跳了起来。

"非常抱歉，波洛先生。"他正色道，"不过您让我们神经紧张。"

"哦，为什么这么说？"小个子男士无辜地问道。

"我必须承认，"秘书说，"我觉得查尔斯·莱弗森的案子铁证如山。但您似乎并不这么认为？"

波洛站在那儿看着窗外。然后突然转过身来看着对方。

"我必须告诉您一些事情，特里夫西斯先生……仅限于我们之间。"

"什么？"

波洛看起来并不急着开口。他迟疑了一分钟，犹豫着。当他开始说的时候，开头的几句话正好与大门的开关声重合了。就一个说秘密信息的人来说，他的声音有点太大了。他的声音吸引了一个正在外面大堂走动的人。

"我想私下告诉您，特里夫西斯先生，有新证据出现了。能证明当查尔斯·莱弗森走进阁楼的时候，鲁本爵士已经死了。"

秘书盯着他。

"是什么证据？为什么我们没有听说？"

"你们会知道的。"小个子男人神秘兮兮地说，"不过在此之前，这个秘密只有你我知道。"

他脚步敏捷地走出了房间，差点儿撞上站在外面的维克多·阿斯特韦尔。

"啊，您刚刚回来吗，先生？"

阿斯特韦尔点了点头。

"外面的天气很糟糕。"他喘着粗气说，"又冷，风又大。"

"啊。"波洛说，"那我今天不出去散步了——我就像一只猫，坐在壁炉边上取暖。"

"这办法会有用的，乔治。"傍晚时分，波洛一边搓着手，一边对自己忠诚的男仆说着，"他们全都焦虑不安——忍不住要跳起来了！乔治，玩猫捉老鼠的把戏很难，要一直等着，不过很有效果，是的，效果非常好。明天我们再努力一下。"

第二天，特里夫西斯要去城里办事。他和维克多·阿斯特韦尔上了同一列火车。他们离开之后，波洛立马积极行动了起来。

"来，乔治，我们赶紧开始工作。如果女仆靠近这些房间，你就拖住她，跟她说一些好听的废话，让她待在走廊上。"

波洛先进了秘书的房间，开始搜查，没有放过任何一个抽屉和架子。之后他迅速把所有东西放归原位，宣称搜查结束。在门口把守的乔治象征性地咳了一声。

"先生，能否允许我说一句？"

"什么，我的好乔治？"

"先生，鞋子。那两双棕色的鞋子是放在第二层架子上的，而那双漆皮的放在下面那一层。您搞错了位置。"

"太了不起了！"波洛握住他的手说道，"不过让我们别为这事烦恼了。我向你保证，乔治，这不重要。特里夫西斯先生不会注意到这种微不足道的事情的。"

"如您所愿，先生。"乔治说。

"会注意到这些是因为你的工作性质。"波洛拍着他的肩鼓励道，"这也说明你的工作做得很好。"

男仆没有回话，之后波洛在维克多·阿斯特韦尔的房间犯下同样错误的时候他也没有吭声。阿斯特韦尔先生的贴身衣物没有完全按照原来的样子摆放回抽屉里。而至少在这第二个房间的搜查上，之后所发生的事情证明男仆是正确的，波洛是错误的。维克多·阿斯特韦尔当天晚上暴怒地冲进了会客厅。

"看着我，你这个该死的、傲慢无礼的比利时小矮子，你为什么搜查我的房间？你以为在我那儿能发现什么？我不会杀鲁本的，你听到了吗？这就是家里有一个到处打探的间谍的结果。"

波洛摊开手狡辩了几句。他一遍又一遍地道歉，承认自己愚蠢、笨拙又好管闲事，他说他现在很困惑，所以未经允许就擅自行动了。最后，那位暴怒的绅士被劝走了，离开的时候还在愤怒地咆哮着。

傍晚时分，波洛再次啜饮着大麦茶，对乔治嘟囔道："有进展，我的好乔治。是的——有进展了。"

10

"星期五是我的幸运日。"赫尔克里·波洛若有所思地说。

"确实如此，先生。"

"你似乎不太迷信，我的好乔治？"

"我不想坐在十三人的桌子上，先生，我也反对从梯子下走过①。但我不太迷信星期五，先生。"

"很好。"波洛说，"因为你看，今天将是我们的滑铁卢之战②。"

"是吗，先生。"

"你真是有激情，我的好乔治，你甚至都不问一声我想做什么。"

"您想做什么，先生？"

"今天，乔治，我要对阁楼进行一次彻底的搜查。"

---

①迷信说法认为十三人坐在同一张桌子上，其中的一个人会在一年内死亡。另有迷信说法认为从梯子下走过会招来厄运。

②一八一五年，英国、荷兰、普鲁士联军在滑铁卢战胜拿破仑所领导的法国军队，奇迹般地逆转战局，并造成了法兰西第一帝国的覆灭。

他确实这么做了。早餐后，取得了阿斯特韦尔爵士夫人的允许后，波洛来到犯罪现场。家里人在不同时间过来看他，见他要么四肢着地地四处爬行，要么非常仔细地查看黑色天鹅绒窗帘，要么站在椅子上检查挂在墙上的相框。阿斯特韦尔爵士夫人第一次表现出了不安。

"我必须承认，"她说，"他终于让我也紧张起来了。他隐瞒了什么事情，我不知道是什么。他像狗一样四肢着地四处爬的样子让我毛骨悚然。他在找什么？我真的很想知道。莉莉，亲爱的，我想让你上去看看他现在在做什么。不，你还是在这儿陪着我吧。"

"那我去吧，阿斯特韦尔爵士夫人？"秘书站起来问道。

"如果您愿意的话，特里夫西斯先生。"

欧文·特里夫西斯离开了房间，爬上阁楼。第一眼看过去，他以为房间里没人，因为没看到赫尔克里·波洛的身影。他正准备回头走下楼梯的时候听到了声响。接着，他看到小个子侦探在通往楼上卧室的回旋楼梯一半的位置。

侦探跪在地上，右手撑着地板，左手拿着一个放大镜，正透过放大镜认真地查看楼梯边缘的装饰。

秘书正看着他时他突然哼了一声，把放大镜放回了口袋。接着站起身来，食指和拇指间捏着什么。此时，他看到了秘书。

"啊哈！特里夫西斯，我没有听到你走进来的声音。"

这一瞬间他像变了一个人，胜利的喜悦溢于言表。特里夫西斯惊讶地看着他。

"发生了什么事吗，波洛先生？你看上去很高兴。"

小个子男人重重地呼出一口气。

"是的，确实如此，我终于找到了一样东西，这东西我找了很久了。我的拇指和食指间捏着的，就是能确定凶手的证据。"

"那么，"秘书挑了挑眉毛，"凶手不是查尔斯·莱弗森？"

"不是查尔斯·莱弗森。"波洛说，"现在我知道凶手是怎么作案的了，只是还不能确定他是谁，不过一切都搞清楚了。"

他走下楼，拍了拍秘书的肩膀。

"我必须马上去伦敦，帮我跟阿斯特韦尔爵士夫人说一声。问问她能否今晚九点把所有人都召集到阁楼来？我会出席，说明全部的真相。啊，我真是……不过我很满足。"

接着侦探蹦蹦跳跳地走出了阁楼。特里夫西斯在他身后凝视着他。

几分钟之后，波洛出现在书房，询问是否有人可以给他一个硬纸板小盒子。

"很不幸，我没有带类似的东西。"他解释道，"但有一些很重要的东西需要装起来。"

特里夫西斯从书桌抽屉里拿出一个小盒子，波洛表示这正是他想要的。

他拿着他的宝物盒匆忙上楼，在平台上跟乔治打了个招呼，把盒子交给了他。

"里面有很重要的东西。"他解释道，"我的好乔治，把它放在我梳妆台的第二个抽屉里，放在装珍珠袖扣的首饰盒边上。"

"好的，先生。"乔治说。

"别弄坏了。"波洛说，"要万分小心。里面的东西足以送一个罪犯上绞刑架。"

"您放心，先生。"乔治说。

波洛又一次匆忙下楼来，拿了帽子，轻快地跑着离开了房子。

11

回程没有这么戏剧化。忠诚的乔治根据他的嘱咐在门口等着他。

"他们都在阁楼了吗？"波洛问。

"是的，先生。"

他们低声交谈了几句，之后波洛踏着胜者得意扬扬的步伐，走进了不到一个月之前发生过谋杀案的房间。他扫视了一圈屋内，所有人都在：阿斯特韦尔爵士夫人、维克多·阿斯特韦尔、莉莉·玛格雷夫、秘书和管家帕森斯。管家站在门边，显得有些犹豫。

"先生，乔治说我也要来。"帕森斯对波洛说，"我不太确定，先生……"

"是的。"波洛说，"我请求您留下。"

波洛走到了房间的正中央。

"这个案子很有趣。"他语速缓慢，声音低沉，"说有趣是因为所有人都有可能谋杀鲁本·阿斯特韦尔爵士。谁会继承他的遗产？查尔斯·莱弗森和阿斯特韦尔爵士夫人。那晚最后和他在一起的是谁？阿斯特韦尔爵士夫人。谁那晚跟他激烈地争吵了？还是阿斯特韦尔爵士夫人。"

"您在说什么？"阿斯特韦尔爵士夫人叫道，"我不明白，我——"

"但还有别人跟鲁本·阿斯特韦尔爵士发生过争吵。"波洛继续说道，语调悲伤，"那个人愤怒地离开了。假设阿斯特韦尔爵士夫人离开时她的丈夫还活着，那时是十一点四十五分，离查尔斯·莱弗森回来还有十分钟。十分钟足够某个人从三楼偷偷溜下来，杀了爵士，再回到他自己的房间。"

维克多·阿斯特韦尔大叫一声跳了起来。

"什么鬼话——"他因为过于愤怒而哽住了。

"阿斯特韦尔先生，您在西非时曾在盛怒之下杀过一个人。"

"我不相信。"莉莉·玛格雷夫叫了起来。

她往前走了一步，双手紧握，两颊涨得通红。

"我不相信。"女孩又说了一遍，走到了维克多·阿斯特韦尔的身边。

"这是真的，莉莉。"阿斯特韦尔说，"但这个男人不知道细节，我杀的是一个屠杀了十五个小孩的巫医。我认为我是在伸张正义。"

莉莉转向波洛，真诚地说道："波洛先生，您错了。一个男人脾气暴躁，发脾气时说了各种各样的话，这并不代表他就是杀人犯。我知道……我知道，我告诉您，阿斯特韦尔先生是不可能做出这种事情的。"

波洛看着她，脸上露出好奇的微笑。接着，他握住她的手，温柔地拍了拍。

"您看，小姐，"他柔声说道，"您也有自己的直觉。看来您相信阿斯特韦尔先生，对吗？"

莉莉平静地说："阿斯特韦尔先生是个好人。而且他很诚实。他跟姆帕拉金矿的背后交易没有关系。他是一个彻头彻尾的好人，而我——我已经同意嫁给他了。"

维克多·阿斯特韦尔走到她身边，握住了她的另一只手。

"我发誓，波洛先生，"他说，"我没有杀我的哥哥。"

"我知道你没有。"波洛说。

他的眼睛扫视了一遍整个房间。

"听着，我的朋友们，阿斯特韦尔爵士夫人在催眠状态下提到她那晚看到窗帘凸起了一块。"

所有人都看向了窗户。

"您的意思是，有一个人躲在那里？"维克多·阿斯特韦尔惊叫道，"这真是个完美的解释！"

"啊。"波洛柔声道，"但不是那个窗帘。"

他转了一圈，指向了遮住通往楼上卧室楼梯的帘子。

"鲁本爵士在谋杀发生的前一晚使用过这里的卧室。他在床上吃的早餐，把特里夫西斯先生叫到那里给他下了指示。我不知道特里夫西斯先生在卧室落下的东西是什么，但他落了东西在那儿。当晚，他与鲁本爵士和阿斯特韦尔爵士夫人道晚安的时候记起了这件事，于是跑上楼去取。我认为夫妇俩都没有注意到他，因为那时他们已经在激烈地争吵了。当特里夫西斯先生取完走下来的时候，他们正处于争吵之中。

"他们说的话非常私密，涉及一些隐私，这使得特里夫西斯先生处境尴尬。他意识到很显然他们认为他走了好一会儿了。因为害怕惹得鲁本爵士对他发火，他决定待在那里，迟一些再找机会溜出去。他站在帘子后面，阿斯特韦尔爵士夫人离开的时候注意到了帘子上映出的特里夫西斯先生的身影，并留在了她的潜意识里。

"阿斯特韦尔爵士夫人离开房间之后，特里夫西斯试图偷偷溜出去，但鲁本爵士正好转过头来，发现了他。本来就心情很差的鲁本爵士便破口大骂秘书，指责他企图盗窃和监视。

"先生们，小姐们，我是学心理学的。在这个案子里，我一直在找的都不是一个脾气暴躁的男性或者女性，因为脾气暴躁的人都有自己的安全阀。他们会狂叫，但不一定会咬人。不，我在

179

找一个好脾气的人，一个有耐心、能自控的人，一个做了九年弱者、受人支配的人。没有什么比忍气吞声多年更让人精神紧绷，也没有什么仇恨比经年累月慢慢累积的仇恨更加强烈的。

"九年来，鲁本爵士不断欺辱、恐吓他的秘书；九年来，这个人只能默默地承受。终于有一天，压力积蓄到了临界点，他崩溃了！正是那晚。鲁本爵士又一次坐回到他的书桌前，但秘书并没有谦卑恭顺地离开房间，他拿起一根木棍，狠狠地打向那个欺辱他多年的人。"

他转向特里夫西斯，对方看着他，如石化了一般。

"你能轻易地提供不在场证明。阿斯特韦尔先生以为你已经回房了，但没有人看到你真的回去。打了鲁本爵士之后，你准备溜回房间，这时你听到了声响，便又赶紧跑回去躲在帘子后面。查尔斯·莱弗森进房间的时候你躲在那儿，莉莉·玛格雷夫走进来的时候你也躲在那儿。之后你才穿过安静的屋子，悄悄地回到房间。你要否认这一切吗？"

特里夫西斯结巴了起来。

"我——我从来——"

"啊！让我说完。我花了两个星期的时间演了一出闹剧，让你觉得逮捕网在你周围慢慢收紧了。指纹、脚印，搜过你的房间后故意把东西放错位置。我用这些方法让你感到恐惧。晚上，你躺在床上，害怕地思考着，那个房间里是否留下了自己的指纹，或者脚印？

"你在脑子里一遍又一遍地回想那晚你做了什么，又有什么忘了做，我又进一步把你逼到一个很容易犯错的状态中。今天我在楼梯上捡起什么东西的时候看到了你眼中闪过的恐惧，那里就是你那晚藏身的地方。之后我演了一出大戏，要了个小盒子，将它托付给乔治，然后离开了。"

波洛转向门的方向。

"乔治？"

"我在这儿，先生。"

男仆向前走了一步。

"你能否告诉小姐们、先生们，我给你下了什么指示？"

"我把您交给我的纸盒子放在您交代我放的地方，先生，然后躲在您房间的衣柜里。在今天下午三点半，先生，特里夫西斯先生走进了房间，他拉开了抽屉，把那个盒子拿了出来。"

"那个盒子里，"波洛继续说道，"放着一枚普通的曲别针。我总是说真话的，我今天早上确实在楼梯上捡到了东西。这是你们英国人的说法，不是吗？'看到针就捡起来，你一天都会有好运气。'我今天也有了好运气，我找到了凶手。"

他转向秘书，温和地说："你明白了吗？你暴露了自己。"

特里夫西斯突然崩溃了。他跌坐在椅子上，脸埋在手里哭了起来。

"我当时疯了。"他呻吟道，"我当时疯了。但是，哦，天哪，他欺负我、辱骂我，超过了可以忍受的程度。这么多年来我都恨着他，厌恶他。"

"我就知道！"阿斯特韦尔爵士夫人叫道。

她跳了出来，带着狂喜的表情。

"我就知道是他做的！"

她站在那儿，带着胜者的得意。

"您是正确的。"波洛说，"不管怎么说，事实是不会改变的。您的'直觉'，阿斯特韦尔爵士夫人，是正确的。祝贺您。"

二十四只黑画眉 ————

1

赫尔克里·波洛和他的朋友亨利·邦宁顿正在切尔西国王大道的加兰特恩德沃餐厅里愉快地用餐。

邦宁顿先生很喜欢加兰特恩德沃餐厅。他喜欢这里悠闲的氛围，喜欢这里"简单""英式"，而非"各种东西混杂在一起"的食物。他喜欢向跟他一起进餐的人介绍奥古斯塔斯·约翰①习惯坐在哪个位置，并向他们展示访客留言本上那些著名艺术家的名字。邦宁顿先生是最没有艺术气质的那类人，但他却很懂得欣赏他人的艺术成就。

善解人意的女侍者莫莉如老朋友般跟邦宁顿先生打了个招呼。她以能记住客人对食物的喜好而自豪。

"晚上好，先生们。"当两位男士在靠角落的餐桌落座之后，她说，"你们今天很幸运，有板栗火鸡——是您的最爱吧？今天还有上好的斯蒂尔顿干酪！你们想要先上汤还是鱼？"

波洛正研究着菜单，邦宁顿先生用警告式的语气建议道："不要点你们法国的那些华而不实的东西，来一些烹制精良的英国食物吧。"

"我的朋友，"赫尔克里·波洛摆了摆手，"我没有什么更高的要求了！这顿晚餐就完全交给您安排。"

"哦，啊，那好……"邦宁顿先生回答道，认真地研究起

----
①奥古斯塔斯·约翰（Augustus John, 1878—1961），威尔士画家。

菜单。

点餐和选酒这两件重要的事情都完成之后，莫莉迅速地拿着菜单离开了。邦宁顿先生往椅背上一靠，长出了口气，然后摊开餐巾。

"她是个好姑娘，"他赞赏地说，"曾经是个美人——放在过去，画家们会为她画像。而且她精通食物，这点更重要。女人在食物上往往漫不经心，和喜欢的人吃饭的时候她们甚至不会注意自己在吃什么，会直接点看到的第一道菜。"

赫尔克里·波洛摇了摇头。

"这真可怕。"

"男人可不这样，真是感谢上帝！"邦宁顿先生得意地说道。

"从来不这样吗？"波洛眼神闪烁。

"好吧，可能年轻时会。"邦宁顿先生承认道，"年轻的花花公子们！现在的年轻人都一样，既没有胆量也没有毅力。我不需要那些年轻人。而且，"他又非常公正地加了一句，"他们也不需要我。也许他们是对的！听那些年轻人说话，我会认为没有人有权在六十岁以后还活着！再听下去你甚至会怀疑他们有没有帮年老的亲戚早日去另一个世界。"

赫尔克里·波洛说："也许他们确实这么做了。"

"波洛，我必须说，你的脑子很灵光。那些探案工作激活了你的思想。"

赫尔克里·波洛微微一笑。

"我也这么想。"他说，"如果做一个表格，统计六十岁以上的意外死亡人数，一定会很有趣。我敢保证那会激发你更多的猜疑。"

"你的麻烦是你开始主动寻找犯罪了，而不是等待犯罪找上门来。"

"我必须道歉，"波洛说，"在私人时间谈论工作的事情了。说说你自己的事吧，我的朋友，你过得怎么样？"

"一团糟！"邦宁顿先生说，"现在这个世道就这样，太混乱了，又有太多虚伪的粉饰。漂亮的辞藻隐藏了混乱的本质。就好像用味道浓郁的作料掩盖腐鱼的腥臭！我只想要一片简单的鳎目鱼，不需要加什么乱七八糟的酱汁。"

恰在此时，莫莉端上了鳎目鱼，邦宁顿先生低声赞赏了一番。

"我的好姑娘，你真知道我想要什么样的口味。"他说。

"先生，您经常来这里，我自然知道您喜欢什么样的食物。"

赫尔克里·波洛说："人们会一直喜欢吃同样的东西吗？会不会偶尔想换换口味？"

"男士们不会的，先生。女士们喜欢多点花样，但男士们会一直喜欢同样的食物。"

"我怎么跟你说的？"邦宁顿嘀咕着，"女性在食物这件事上就是不可靠的。"

他环视了一下餐厅。

"这个世界真有趣。看到角落里坐着的那个长相奇特、留着胡子的老家伙了吗？莫莉可以告诉你，他总是周二和周四晚上在这儿吃饭。他来这里已经将近十年了——他简直是这个地方的标志了。然而，这里没有人知道他的名字、他住在哪里或是做什么的。不觉得这其实是一件挺奇怪的事吗？"

当女侍者将火鸡端上来时，邦宁顿说："我看到时间老人还在呀？"

"是的，先生。星期二和星期四，他的日子。不过他上周周一出现了！我被吓到了！我以为自己搞错了时间，不知不觉中已经是周二了！但他第二天晚上又来了，因此……看来星期一只是一顿额外的饭。"

"偏离习惯真有趣，"波洛喃喃道，"我很好奇是出于什么原因？"

"先生，如果您问我的话，我觉得他应该是遇到什么使他不安或者担忧的事情了。"

"为什么你会这么想？是因为他的行为举止吗？"

"不，先生，并不完全是他的行为。他跟平时一样安静，除了来时和离开时说了句晚安之类的话之外，从来不多说其他的话。是他点的菜。"

"他点的菜？"

"我敢说你们一定会笑话我。"莫莉脸红了，"不过若一位先生来这里十年之久，你必然会知道他喜欢吃什么、不喜欢吃什么。他受不了牛油布丁和黑莓，而且我从来没见他喝过浓汤。但是上星期一晚上，他却点了番茄浓汤、牛排、腰子布丁和黑莓派！就好像他根本没有意识到自己点了什么菜一样！"

"哦，"赫尔克里·波洛说，"我觉得这非常有趣。"

莫莉看上去很满足地离开了。

"好吧，波洛，"亨利·邦宁顿发出轻笑，"你来做点推理吧，拿出你看家的本领来。"

"我更想先听听你的想法。"

"想让我扮演华生，嗯？好吧，那个老家伙去医院看病了，医生让他调整饮食。"

"调整为番茄浓汤、牛排、腰子布丁和黑莓派？我想象不出任何一个医生会给出这样的饮食建议。"

"别这么说，老朋友，医生可能会让你做任何事。"

"这是你能想到的唯一答案？"

亨利·邦宁顿说："好吧，认真地说，我觉得唯一可能的解释是，我们这位不知名的朋友被某种强烈的情感控制了。他太不安了，以至于根本没注意到自己点了什么菜或者吃了些什么。"

他停顿了一下，继续说道："你可能接着要告诉我你知道他在想什么。你可能会说，他正在下定决心准备杀人了。"

邦宁顿被自己的想法逗得大笑起来。

赫尔克里·波洛没有笑。

他后来承认他当时非常担心。他声称自己应该早就隐约意识到即将发生什么。

他的朋友却说他的这种想法荒诞不经。

三周之后，赫尔克里·波洛和邦宁顿再次见面了，这次是在地铁车厢里。

他们互相点头致意，抓着邻近的扶手随着车厢摆动。直到皮卡迪利广场，大部分人下了车，他们才终于在车厢最前端找到了座位坐下。这里很安静，没有人走来走去。

"这样好些了。"邦宁顿先生说，"人类真是自私的生物，无论你怎么建议，他们都是不会放弃车的。"

赫尔克里·波洛耸了耸肩。

"你能怎么办呢？"他说，"人生实在太无常了。"

"正是如此。今天还拥有的东西，明天就不见了。"邦宁顿先生沮丧地说，"说起来，你还记得我们在加兰特恩德沃餐厅见过的那个老人吗？我不应该胡乱猜测他是不是已经去了另一个世界，但是他有一整周没有出现了，莫莉对此非常不安。"

赫尔克里·波洛猛然坐直了身子，绿色的眼睛亮了起来。

"真的？"他问道，"真的吗？"

邦宁顿说："你还记得我猜他可能是去看了医生，被建议改变饮食习惯吗？那当然是胡说八道——但我认为他确实就自己的健康问题去咨询了医生，而医生的回答让他受了刺激。这就能解释为什么他没意识到自己点了往常不吃的东西。很可能就是这个刺激，使得他更早地离世了。医生与病人沟通时应该更谨慎才是。"

"他们一般都很谨慎。"赫尔克里·波洛说。

"我到站了。"邦宁顿先生说，"再见。现在我们大概永远不会知道那个老人家是谁了，甚至永远无法知道他的名字。这个世界真是有趣！"

他匆匆走出了车厢。

赫尔克里·波洛皱着眉头坐着，看上去他并不觉得这个世界很有趣。

他回到家，对他忠实的男仆乔治做了些指示。

2

赫尔克里·波洛用手指扫过一份名单，这是某个地区的死者名单。

波洛的手指停了下来。

"亨利·加斯科因，六十九岁。我应该先试试他。"

那天晚些时候，赫尔克里·波洛坐在麦克安德鲁医生开在国王大道上的诊所里。麦克安德鲁医生是个长相聪明、红头发的高个子苏格兰人。

"加斯科因？"他说，"啊，我记起来了。古怪的老人家，一个人住在一栋准备拆除建现代公寓的废弃老房子里。我没有为他看过病，但知道他。送牛奶的人最先发现他可能出了什么事，因为牛奶瓶子在他家门外堆积成山。最终是他的邻居找来的警察，他们破门而入，发现了他。他从楼梯上摔下来，折断了脖子。他穿着一件系着根破烂绳子的旧睡袍，很可能是被那个睡袍的带子绊倒的。"

"原来如此。"赫尔克里·波洛说，"事实很简单，只是一场意外。"

"正是如此。"

"他有什么亲属吗？"

"有一个外甥。以前每个月回来看他舅舅一次。他叫洛里默，乔治·洛里默，也是个医生，住在温布尔顿。"

"他为老人的去世而感到难过吗？"

"我不知道他是否难过。我的意思是，他对舅舅很有感情，但并不了解他。"

"您见到他的尸体时，他死了多久了？"

"啊！"麦克安德鲁医生说，"官方记录说死亡四十八到七十二小时了。他是早上六点被发现的。事实上，我们把范围缩得更小了一点。他的睡袍口袋里有一封信。信是三日写的，当天下午自温布尔顿寄出，因此送达时间应该在晚上九点二十分左右。这样一来，他的死亡时间就应该在三日晚上九点二十分之后，这也与他胃里的食物消化情况一致。他在死前大约两小时前吃过饭。我在早上六点为他做的尸检，从尸体状况看差不多死亡六十个小时，即大约在三日晚上十点死亡的。"

"所有证据看上去很一致。请告诉我，他活着的时候最后一次被人看见是什么时候？"

"当天晚上大约七点，有人在国王大道看见过他。三日是星期四，他七点三十分在加兰特恩德沃餐厅吃晚饭。他似乎每个星期四都在那儿吃饭。他是个艺术家，或许就用这种方式来成为艺术家，您知道，就是那种特别不知所谓的艺术家。"

"除了那个外甥之外，他还有其他亲人吗？"

"他有个双胞胎哥哥。这整个故事很神奇。他们有很长时间没有见过彼此了。另外那位加斯科因，安东尼·加斯科因，似乎娶了一位有钱的女士，放弃了艺术，两兄弟因此吵翻了。我相信自那之后他们就没有见过面了。但奇怪的是，他们是在同一天死的。他的兄长于三日下午三点过世。我还知道一对双胞胎身处地球的不同角落却在同一天去世！可能只是个巧合——反正已经发生了。"

"他兄长的太太还在世吗？"

"不，她几年前就过世了。"

"那个安东尼·加斯科因生活在哪里？"

"他在金斯顿山有栋房子。从洛里默医生对他的描述来看，我相信他是一个离群索居的人。"

赫尔克里·波洛若有所思地点点头。

苏格兰人热心地看着他。

"您在怀疑什么呢，波洛先生？"他直言不讳地问道，"看了您的证件之后，我已经履行了我的职责，回答了您所有的问题。但我依旧不知道这一切是为了什么。"

波洛语速缓慢地说道："您说这是一桩很简单的意外死亡。而我的怀疑也很简单——有人推了他一把。"

麦克安德鲁医生看上去大吃一惊。

"也就是说，谋杀！您有什么证据吗？"

"没有。"波洛说，"这仅仅是个猜想。"

"一定有些什么——"医生坚持着。

波洛没有开口。麦克安德鲁说："如果您怀疑的是外甥洛里默，我可以告诉您，您想错了。洛里默当晚一直在温布尔顿打桥牌，从八点半打到午夜。这点已经调查清楚了。"

波洛喃喃道："我猜到警察已经去证实过了，他们很小心。"

医生说："也许您知道些什么对他不利的事？"

"在您告诉我之前，我并不知道有这么一个人存在。"

"那么您所怀疑的并不是他？"

"不、不，这件事不是这样的。这是一个关于人类习惯的案子，这很重要。加斯科因先生生前打破了自己的习惯。您看，这是不对的。"

"我没明白。"

赫尔克里·波洛喃喃道："问题在于不新鲜的鱼上面浇了太多的酱汁。"

"您说什么，先生？"

赫尔克里·波洛微微一笑。

"您也许想把我关到疯人院去，亲爱的医生。但我没疯——我只是一个喜欢规律和方法的人，一旦遇到不符合规律的事就会感到不安。请您原谅我给您添了这么多麻烦。"

波洛站起身来，医生也站了起来。

"您要知道，"麦克安德鲁说，"实话实说，我看不出亨利·加斯科因先生的死里有任何疑问。我说他摔倒了，而您却说有人推了他一把——但这一切都无法证实。"

赫尔克里·波洛叹了口气。

"是的。"他说，"这事做得很巧妙。有人办了一件漂亮的案子！"

"您还是认为——"

小个子男人摊开双手。

"我是个固执的人。我有一些想法，但没有任何证据支持！顺便问一下，亨利·加斯科因有假牙吗？"

"没有，他的牙齿很好，在他这个年龄是十分难得的。"

"他很好地保护了牙齿——它们洁白且干净，对吧？"

"是的，我特别注意了他的牙齿。牙齿会随着年龄的增长而逐渐变黄，但他的牙齿状况非常好。"

"没有染上其他颜色？"

"没有。我不认为他抽烟，如果这是您想问的问题的话。"

"我并不是特指抽烟这件事——只是脑中突然闪现出一个想法，可能没什么用！再见，麦克安德鲁医生，谢谢您的帮助。"

他握了握医生的手，离开了。

"那么现在，"波洛说，"要去为这个想法冒险了。"

3

波洛来到加兰特恩德沃餐厅用餐。坐在之前和邦宁顿用餐时所坐的地方，但今天为他服务的侍者不是莫莉。女侍者告诉他，莫莉休假了。

此时才七点，赫尔克里·波洛发现为他服务的女侍者很乐意聊聊老加斯科因先生的事情。

"是的，"她说，"他来这里用餐已经很多年了，但我们都不知道他叫什么。我们在报纸上看到了报道，上面有一张他的照片。'快看，'我跟莫莉说，'这不是我们的"时间老人"吗？'我们都这么称呼他。"

"他去世那晚也来这里用餐了，对吗？"

"是的，星期四，三日。他每个星期四都会来这里。星期二和星期四——准得像时钟一样。"

"我猜你已经不记得他那天都点了些什么了吧？"

"让我想想。应该是咖喱肉汤，是的，以及牛排布丁……还是羊肉？——没有布丁，对了，是黑莓派和苹果派，以及芝士。想想看，他当天晚上回到家就从楼梯上摔下来了，他们说是被一条旧睡袍的带子绊倒的。当然，他穿的衣服总是有些糟糕——款式很老，随便套在身上，破破烂烂的，不过他有一种气场，让人觉得他是个人物！哦，我们这儿有各种各样有趣的客人。"

她走开了。

赫尔克里·波洛吃着他的鳎目鱼，眼中闪着绿色的光芒。

"这真奇怪，"他自言自语道，"聪明的人竟会忽略这些细节。邦宁顿会对这个感兴趣的。"

但他现在没时间和邦宁顿悠闲地讨论这个问题。

4

有一位颇具影响力的人物引荐，让赫尔克里·波洛很快便和地区验尸官搭上了话。

"死者加斯科因是一个有趣的人。"验尸官观察着他，说道，"一个孤独、古怪的老家伙。不过他这一死倒是吸引了很多人关注啊？"

他说着，好奇地看着他的访客。

赫尔克里·波洛小心地选择用词。

"先生，出于一些原因，这个案子需要进一步调查。"

"那么，我有什么能做的呢？"

"据我所知，如何处理现场发现的文件是您的职责——是销毁还是保留。从亨利·加斯科因的睡袍口袋里发现了一封信，是这样的吗？"

"是的。"

"一封来自他的外甥，乔治·洛里默的信？"

"正是如此。审讯时我们递交了这封信，以确认死亡时间。"

"信件所证明的死亡时间和尸检结果是一致的？"

"完全一致。"

"这封信现在还保留着吗？"

赫尔克里·波洛有些焦急地等待着对方的答复。

当他听到这封信仍然保留着且可供调查使用时，不由得松了一口气。

最终他拿到了这封信，小心检视着。这是一封用钢笔写成的信，字迹稍微有些难认。

信的内容如下：

亲爱的亨利舅舅：

很遗憾，我没能成功说服安东尼舅舅。他对于您提议的到访不太感兴趣，也没有回复您提出的让过去的事情过去的建议。当然，他病得很重，脑子已经不太清楚了。我猜想他剩下的日子可能不多了。他看上去几乎记不起您是谁。

我很抱歉没能达成您的心愿，但我向您保证我已经尽力了。

爱您的外甥

乔治·洛里默

信尾所署的日期是十一月三日。波洛看了一眼信封上的邮戳，是十一月三日下午四点三十分。

他喃喃自语道："安排得非常巧妙，不是吗？"

5

金斯敦山是他的下一个目标。虽然经历了一些波折，但在坚持不懈地努力下，他终于同安东尼·加斯科因生前的厨娘兼管家艾米丽亚·希尔谈上了话。

一开始，希尔太太拘谨且多疑，但即使是一块石头也会被这位相貌奇特的外国人的亲切热情所打动。艾米丽亚·希尔太太终于放松了下来。

和众多女性一样，她发现对方是一个极富同理心的听众，便尽情倾吐着内心的苦水。

她为加斯科因先生管理家务已经十四年了——这并不是一份简单的工作！绝对、绝对不是！很多女性看到她所要负担的工作就退缩了！毫无疑问，那可怜的老人是个怪人，他异常执着于金钱——近乎狂热。而且他是个非常有钱的人！不过希尔太太依旧忠诚地服侍他，容忍他的做事方式，自然，她希望能得到某种形式的回报。然而没有——什么都没有！他只留下了一份很早就写成的遗嘱，把所有钱都留给了妻子，如果她早于他过世，那么所有财产就归他的兄弟亨利。一份多年前起草的遗嘱。这看上去很不公平!

赫尔克里·波洛慢慢地引导着,把话题逐渐从她那无法满足的贪欲上转移了出去。是的,这真是无情且不公平的!希尔太太的伤心和惊讶无可指责。所有人都知道加斯科因极其吝啬,据说这位已过世的先生甚至拒绝帮助他唯一的兄弟。希尔太太是否知道这件事呢?

"是洛里默医生来看他那次提到的事情吗?"希尔太太问,"我知道是关于他兄弟的事情,但我以为只是他兄弟想一家人团聚。他们在多年以前吵翻了。"

"是的,"波洛说,"然后加斯科因先生拒绝了?"

"没错。"希尔太太点头道,"'亨利?'他小声嘀咕着,'亨利怎么了?很多年没见过他了,但我也不想见他。好争吵的亨利。'他就这么说。"

之后话题又回到了希尔太太的牢骚和已过世的加斯科因先生的律师的无情。

赫尔克里·波洛费了些力气才终于以不太突兀的方式离开了。

接着,晚饭后,他去了温布尔顿多塞特路的艾尔克莱斯特宅邸,这里是乔治·洛里默医生的住处。

医生在家。赫尔克里·波洛被带进他的诊所,不一会儿乔治·洛里默医生来了,他显然刚刚离开晚餐餐桌。

"医生,我不是病人。"赫尔克里·波洛说,"我来这里可能有些鲁莽,但我是一个老人了,我喜欢简单直接,不喜欢律师和他们冗长迂回的方法。"

他显然引起了洛里默的兴趣。这位医生身高中等,胡子刮得很干净。他的头发是棕色的,但眼睫毛几乎是白色的,这使得他的眼睛看上去有些无神。他举止轻快，很有幽默感。

"律师？"他抬了抬眉头，"我也讨厌那些家伙！亲爱的先生，您激起了我的好奇心。请坐。"

波洛照做了，同时递上了名片。

乔治·洛里默的白色睫毛眨了一下。

波洛凑近他，神秘兮兮地说："我的顾客大多是女性。"

"自然。"乔治·洛里默医生眨眨眼说道。

"如您所说，这很自然。"波洛表示同意，"女人不相信警察。她们更倾向于寻找私家侦探。她们不想把她们所面临的问题公之于世。一位老太太几天前来找我咨询，她因她多年前发生过争吵的丈夫过世了而感到难过。而这位丈夫是您的舅舅，加斯科因先生。"乔治·洛里默的脸瞬间变成了紫色。

"我舅舅？不可能！他妻子很多年前就过世了。"

"不是安东尼·加斯科因，而是亨利·加斯科因先生。"

"亨利舅舅？但他根本没结过婚！"

"哦不，他结过婚。"赫尔克里·波洛一点都不脸红地撒着谎，"千真万确。这位女士还带了他们的结婚证明。"

"胡说！"乔治·洛里默大声咆哮着，他的脸紫得像葡萄干一样，"我不相信。你是个厚颜无耻的骗子。"

"这真是太糟糕了，不是吗？"波洛说，"你犯下了谋杀罪，却仍一无所得。"

"谋杀？"洛里默的声音颤抖，无神的眼睛顿时惊恐地瞪大了。

"顺便说一下，"波洛说，"我看到你刚刚又吃了黑莓派。一个非常不明智的习惯。黑莓虽说富含维生素，但可能在其他方面是致命的。以你的情况来说，我想黑莓可能会往你的脖子上套上绳索，洛里默医生。"

6

"你看，我的朋友，你的基本假设就错了。"赫尔克里·波洛笑嘻嘻地对坐在桌对面的朋友解释道，"一个有精神压力的人是不会选择在此时做一些他平时从来不会去做的事情的。他只会条件反射般地遵从以往的生活方式。一个为某件事烦心的人可能会穿着睡衣下楼吃晚饭，但一定会是他自己的睡衣，而不是别人的。

"一个不喜欢浓汤、牛油布丁和黑莓的人突然在一个晚上点了这三样菜。你说这是因为他在想一些其他的事情，思绪恍惚。但我会说，一个有心事的人会按照习惯，机械性地去点他之前最常吃的东西。

"那么，这到底是为什么呢，还有什么其他的解释吗？我就是无法想出一个合理的解释。我很困扰！整件事都不对劲，不合理！我是个老派的人，我喜欢凡事合情合理。加斯科因先生的这顿晚餐让我很不舒服。

"然后你告诉我这位先生消失了。他几年来第一次错过了星期二和星期四的晚餐。我更不舒服了。一个奇怪的设想从我的脑袋里冒了出来。我认为这位先生已经去世了。我调查了一下，得知这位先生确实去世了，而且死得干净整洁。或者应该说，腐鱼的腥臭味被酱汁遮盖了！

"七点的时候有人在国王大道见过他，七点半他在这里用餐——两小时后他就死了。一切都合乎情理——胃里的残留物，那封信。太多酱汁了！你都看不到鱼了！

"忠心的外甥写了一封信，这位忠心的外甥在舅舅死亡的时段里有漂亮的不在场证明。死亡的方式很简单——从楼梯上摔下来。这是简单的意外吗？还是简单的谋杀？所有人都说是前者。

"忠心的外甥是他唯一在世的亲属。这位忠心的外甥将拥有继承权——但他是否有财产可继承？众人皆知他的舅舅生活穷困。

"但是舅舅有一个兄弟，这位兄弟曾有一个有钱的妻子，现在他还住在金斯敦山的奢华大房子里，看起来他的妻子把所有的财产都留给了他。你看到其中的关联了吧——富有的妻子把钱留给了安东尼，安东尼把钱留给了亨利，亨利的钱则由乔治继承——一条完整的继承链。"

"理论上来说非常完美。"邦宁顿说，"但你到底做了什么？"

"一旦你知道了真相，就很容易拿到想要的证据。亨利是在晚餐后两小时去世的，这是此案最具迷惑性的一点。但假如这顿饭不是晚餐，而是午饭呢？把自己放在乔治的处境下想一想，他急需钱。安东尼·加斯科因快死了，但他的死对乔治无益。安东尼的钱将由亨利·加斯科因继承，而亨利或许还能活好多年。所以亨利也必须死——越快越好——但他必须死在安东尼之后，同时乔治还需要有不在场证明。亨利每周固定的两天在同一家餐厅吃晚餐的习惯给了乔治一个制造不在场证明的机会。作为一个小心谨慎的人，他先测试了一下这个方法是否能成功。他假扮成舅舅，在一个星期一的晚上来餐厅用餐。一切都很顺利，餐厅里的所有人都把他当成了他的舅舅。他很满意。这下他只要等待安东尼舅舅死亡的时机。这一天来了。十一月二日下午，他给他的舅舅写了一封信，但信里署的日期是十一月三日。十一月三日下午他去拜访了他的舅舅，并执行了他的计划。一个推搡，他的舅舅亨利滚下楼梯死了。乔治找到自己写的信，并把它塞到了舅舅的睡衣口袋里。晚上七点半，他坐在加兰特恩德沃餐厅，戴着假胡子和假眉毛。于是，人们相信亨利·加斯科因毫无疑问在七点三十分时还活着。之后他迅速在盥洗室换装，开着车飞速赶回温布尔顿打了一晚上桥牌，制造了完美的不在场证明。"

邦宁顿先生看着他。

"但是信上的邮戳怎么解释？"

"哦，那个很简单。那个邮戳有些脏了。为什么呢？因为有人用炭笔把十一月二日改成了十一月三日。除非你已经有所怀疑了，否则是不会注意到这一点的。不过还有致命的黑画眉。"

"致命的黑画眉？"

"把二十四只黑画眉烘进馅饼里①！再说得直白点，就是黑莓！乔治终究不是一个好演员。你还记得那个为了表演《奥赛罗》而把自己全身涂黑的人吗②？犯罪的时候你得像他一样敬业。乔治看起来像他的舅舅、走路像他的舅舅、说话也像他的舅舅，并且戴上了和舅舅一样的胡子和眉毛。但是他忘记吃得像他舅舅了。他点了自己喜欢吃的东西。黑莓会把牙齿染黑——可尸体的牙齿是干净的。亨利·加斯科因那晚在加兰特恩德沃餐厅吃了黑莓，但他的胃里却没有黑莓，我今早去问过了。而乔治居然愚蠢到把假胡须、假眉毛等其他变装道具都留下来了。哦！一旦你开始寻找，就会发现越来越多的证据。我拜访了乔治并且故意挑衅，他就暴露了！顺便说一句，他那天又在吃黑莓。贪婪的家伙——太在意食物了。然而，他会因贪婪而死，除非我大错特

---

①出自英国童谣《Sing a Song of Sixpence》，这首童谣唱的是法国亨利四世国王和王后婚礼设宴时的场景。据传十六世纪时，确实有一种放入活鸟烘烤的甜点。阿加莎的另一部作品《黑麦奇案》中也提到了这首童谣。
②莎士比亚的著名悲剧，男主角是一名黑人，过去常由白人把身子涂黑来扮演。

错。”

一名女侍者端上了两大份黑莓派和苹果派。

“拿走。”邦宁顿先生说，“人再小心都不为过。给我上一小份西米布丁。”

梦境 —————

1

赫尔克里·波洛认真地打量着眼前的这栋房子。他环顾了一下四周的环境、街边的店面、右边的大型厂房，以及对面的一片廉价公寓。

他的目光又一次回到眼前的诺思韦大宅，这栋历史遗留品，来自居住空间宽裕、生活悠闲的时代。那时它被绿色的草坪环绕，显得优雅而傲慢。而眼下，它与周围环境格格不入，挤在现代伦敦城最热闹的地带，却不受关注、被人遗忘，五十个人中没有一个人能告诉你它在哪里。

不仅如此，也很少有人能说出谁是这栋房子的主人，尽管他是全世界最富有的几个人之一。不过钱既可以让人扬名于世，也可以让人彻底隐形。本尼迪克特·法利，这位古怪的百万富翁，就选择不对外公开自己的住所。甚至很少有人见过他，他也不怎么在公共场合露面。但他会时不时出席董事会议，以消瘦的身材、鹰钩鼻子和刺耳的声音统领并支配着聚集的董事们。不过有很多关于他的传说，有说他如变态般吝啬，也有说他十分慷慨大方，还有很多传说与私人生活有关——相传他那件有名的睡衣已穿了二十八年之久，上面布满了补丁；他永远只吃卷心菜汤和鱼子酱，以及他十分讨厌猫。这些都是众所周知的。

赫尔克里·波洛也知道这些传闻。对于他即将拜访的男人，他所知道的就这么多。在他大衣口袋里的那封信并没有告诉他更多的信息。

默默地审视了一会儿这栋惹人叹息的旧时代之象征的建筑之后，他走上通往正门的台阶，按响门铃，同时看了一眼精巧的手表——它已经取代了他曾经最爱的大怀表。此时正好九点半，赫尔克里·波洛一向非常准时。

恰当的间隔过后，门开了。大堂的灯光中出现了管家的身影，俨然完美管家的范本。

"本尼迪克特·法利先生在家吗？"赫尔克里·波洛问。

管家从头到脚打量了波洛一遍，高效且毫无冒犯感。

周到而细致，赫尔克里·波洛暗自赞赏。

"您是否有约，先生？"管家的声音十分温和。

"有的。"

"请问您的姓名是？"

"赫尔克里·波洛。"

管家鞠了个躬后退到一边。赫尔克里·波洛走进了房子，管家关上了门。

麻利地接过访客的帽子和手杖之前，还有一道程序要完成。

"先生，请您谅解，需要您出示一下邀请信。"

波洛慎重地从口袋里掏出一张折叠的信纸，递给了管家。后者只扫了一眼，就又一鞠躬将信还给了波洛。赫尔克里·波洛将它收回口袋，信的内容很简单。

诺思韦大宅 W.8

赫尔克里·波洛先生

亲爱的先生：

　　本尼迪克特·法利先生想请教您的意见。如果您方便的话，他希望能明天晚上 9：30（星期四）按以上地址与您会

208

面。

您真挚的，

雨果·康沃西

（秘书）

以及，请携带此信前来。

管家熟练地接过波洛的帽子、手杖和大衣，说道："请您跟我到康沃西先生的房间。"

管家在前面领路，走上了宽阔的楼梯。波洛跟着他，一路以赞赏的眼光看着这座丰富多变，如艺术品般的建筑！他的艺术审美一直带有些资产阶级的情调。

他们到了二楼，管家敲了敲其中一扇门。

赫尔克里·波洛的眉毛因这意外的声响微微扬了一下。顶级管家进主人房间是不会敲门的，而这位毫无疑问是一位顶级管家啊！

这可以说是波洛第一次感受到这位百万富翁的古怪之处。

房里的人喊了句什么，管家推开了门，宣布道（波洛又一次感觉到对正统礼节的刻意叛离）："您等待的那位先生到了。"

波洛走进屋里。房间不小，以一种工人阶级式的方式朴实地布置了一下。有装满东西的文件柜，一些书籍，几把靠背椅，以及一张夸张醒目的大桌子，上面整齐地摆满了文件。屋里很暗，唯一的光源是一盏用绿色罩子罩着的读书灯，摆在一张靠背椅旁的小台子上。这么安排是为了让光线照向从门口进来的人。赫尔克里·波洛眨了眨眼，心想这盏灯起码有一百五十瓦。扶手椅上坐着的人身材消瘦，穿一件拼布风格的睡衣——这就是本尼迪克特·法利。他的头略往前伸，像要表达什么态度，突出的鹰钩鼻让他看起来像只鸟，前额有一撮白鹦鹉那样的白发。他的眼睛在厚厚的镜片后面闪烁着，怀疑地审视着他的访客。

"嘿，"他终于说话了，声音尖锐刺耳，"你就是赫尔克里·波洛，哼？"

"乐意为您效劳。"波洛礼貌地说道，鞠了个躬，并将一只手放到椅子的靠背上。

"请坐……请坐。"老人急躁地说道。

赫尔克里·波洛坐了下来——在台灯炫目的强光下。坐在灯后的老人似乎正在专注地研究着他。

"我怎么知道你就是赫尔克里·波洛，哼？"他焦躁地问道，"告诉我——哼？"

波洛再一次从口袋里掏出信，交给了法利。

"好吧。"百万富翁勉强地承认，"这封信是我让康沃西写的。"他把信折起来，扔了回去，"所以你就是那个家伙，是吧？"

波洛略略摆了摆手说："我向您保证，这不是个骗局。"

本尼迪克特·法利突然咯咯地笑了起来。

"魔术师从帽子里变出金鱼前总会说这样的话！说这话也是魔术骗术的一部分！"

波洛没有回应。法利突然说："你是不是觉得我是个多疑的老头，哼？是的，我就是。不要相信任何人！这是我的座右铭。有钱人不能信任任何人。任何，任何，任何人都不能信。"

"您想向我咨询什么？"波洛礼貌地询问道。

老人点了点头。

"找专家，不要计较开销。你可能注意到了，波洛先生，我还没问过你怎么收费。我也不准备问！过后给我寄账单来——我不会讨价还价的。牛奶场的那些该死的傻子想将市价两块七的鸡蛋用两块九卖给我——骗子！我可不会被骗。但行业里的精英是不同的，他们值这个价。我自己就是个精英，所以我知道。"

赫尔克里·波洛没有回答。他认真地听着，头微微歪向一边。

他外表冷静，但内心觉得有些失望。他无法很清晰地说出这是一种怎样的奇怪感觉。至今为止，本尼迪克特·法利的表现都非常典型——或者说他似乎在刻意表现得和传闻中说的一样。然而，波洛却觉得失望。

这个人，他暗自厌恶地想到，是个江湖骗子——彻头彻尾的江湖骗子！

他也认识一些古怪的百万富翁，但几乎每次遇到这样的人，他都能从对方那里感受到一种力量，一种内部能量，让他产生敬意。如果他们穿着一件拼布风格的睡衣，那么应该是因为他们喜欢穿这样的睡衣。但是本尼迪克特·法利的睡衣，起码在波洛看来，本质上就是一件舞台上的道具。而这个人从本质上看也不过是在做戏。他说的每一个词都如此符合他的形象，因此波洛可以肯定，他不过是在装模作样。

他不带感情地重复道："法利先生，您希望我做什么？"

百万富翁突然转变了态度。他身子前倾，声音压得很低。

"是的、是的……我想听听你怎么说——你怎么认为……找行业内最厉害的！这是我一贯的做法！最好的医生、最好的侦探——二者择其一。"

"先生，我还是不明白。"

"自然。"法利厉声道，"我还没开始说呢。"

他又一次往前探了探身子，丢出一个突兀的问题。

"波洛先生，你对梦了解多少？"

小个子男人抬了抬眉毛。他确实有些猜测，但绝对没猜到对方会问这个问题。

"关于这个话题，法利先生，我推荐拿破仑的《梦之书》——或者去哈利街的心理咨询师那儿请教最新理论。"

本尼迪克特·法利严肃地说："这两者我都尝试过了……"

百万富翁停顿了一下，然后以近乎耳语的声音再次开口，之后声音越来越大。

"我总是做同一个梦——每晚如此。而且我担心……告诉你吧，我真的很担心……这件事会继续下去。梦里我坐在隔壁房间，坐在桌前写东西。然后我看了一眼房里的钟，时间正好是三点二十八分。总是同样的时间，你明白吗？

"当我看到时间的时候，波洛先生，我知道我必须要去做了。我不想——我厌恶去做那件事——但我必须去做……"

他的声音已变得刺耳。

波洛毫不慌乱地说："您必须要做的是什么？"

"三点二十八分，"本尼迪克特·法利声音嘶哑地说，"我打开书桌右手边的第二个抽屉，拿出放在那里的左轮手枪，装上子弹，走到窗边，然后……然后……"

"然后？"

本尼迪克特·法利低语道："然后我对自己开了枪……"

一片寂静。

波洛说："这就是您的梦？"

"是的。"

"每晚都一样？"

"是的。"

"您对自己开枪之后发生了什么？"

"我醒了。"

波洛缓缓地点了点头，沉思着。"出于好奇我想问一下，您确实在那个抽屉里放了一把左轮手枪吗？"

"是的。"

"为什么？"

"枪早就放在那里了，我总是时刻防备着。"

"防备什么？"

法利暴躁地说："我这样的人必须要有所防备。所有有钱人都有敌人。"

波洛没有继续这个话题。他沉默了一两分钟后说道："您找我来具体是想做什么？"

"我会告诉你的。首先，我咨询了医生——具体来说是咨询了三位医生。"

"然后呢？"

"第一位医生告诉我这是饮食的问题。他是个老人家了。第二位医生是个接受过新式教育的年轻人，他一口咬定说这一切都跟我幼年时期的某件事有关，这件事情发生在某一天的三点二十八分。他说我非常想忘记那件事，不惜用自我毁灭的方式。这是他的解释。"

"第三位医生说了什么？"波洛问。

本尼迪克特·法利的声音因为愤怒而变得尖锐。

"他也是个年轻人！他有一个非常荒谬的理论！他主张说，我，我自己，厌倦了生活，已经无法忍受我的人生，有意结束自己的生命！但承认了这个事实就等同于承认我自己本质上是个失败者，因此清醒时的我拒绝承认。但当我睡着的时候，所有抑制机制都被移除了，于是我动手做了自己真正想做的事情。我自杀了。"

"他的观点是，您真实的愿望，不被您自己所知的愿望，是自杀？"波洛说。

本尼迪克特·法利尖声喊道："这是不可能的——不可能！我非常开心！我拥有我想要的所有东西——所有东西我都可以用钱买到！这真是太棒了。他的观点我连想都不会想！"

波洛饶有兴趣地看着他。不知是富翁颤抖的双手还是尖厉发抖的声音让波洛提高了警惕，他觉得这个人否认得过于激烈，这样的态度十分可疑。于是他再次问道："那您想要我做些什么呢，先生？"

本尼迪克特·法利突然冷静了下来，用手指用力地敲打着身边的桌子。

"还有一个可能。如果是这样的话，你就是最了解它的人！你的名声很大，处理过上百件神奇怪异的案件！你是最有可能了解这一可能性的人。"

"了解什么？"

法利再次压低声音。

"假如有人想杀我……可以用这种方式来完成吗？他们可以让我每晚都做同样的梦吗？"

"您的意思是……催眠？"

"是的。"

赫尔克里·波洛思考了一下。

"我猜也许可能。"最终他回答道，"这个问题由医生来回答更合适。"

"你有没有碰到过这样的案子？"

"没有非常相似的案子，没有。"

"你明白我的意思吧？有人让我每晚都做同样的梦，夜复一夜——然后——有一天，这个暗示的效果到了——我就照做了。我按照我经常梦到的那样——自杀了！"

赫尔克里·波洛缓缓地摇了摇头。

"你认为这不可能？"法利问。

"可能？"波洛摇摇头道，"我一个字都不信。"

"你认为这种事不可能发生？"

"几乎不可能。"

本尼迪克特·法利喃喃道："医生也是这么说的……"然后他的声音又变得尖厉了起来，他大声说，"但是为什么我会做这个梦？为什么？为什么？"

赫尔克里·波洛摇了摇头。本尼迪克特·法利忽然唐突地说道："你确定你从来没见过任何类似的案子？"

"从来没有。"

"这就是我想知道的。"

波洛轻轻地清了清喉咙，说道："我能否问您一个问题？"

"什么？什么问题？你想说什么就说吧。"

"您怀疑谁想杀了您？"

法利立刻回答道："没有谁，谁都没有。"

"您只是突然有了这么一个想法？"波洛咬着问题不放。

"我只是想知道——这种事是否有可能发生。"

"以我个人经验来说，我会说没可能。顺便问一下，您是否被催眠过？"

"当然没有。你认为我会允许这种愚蠢无聊的事情发生在我身上吗？"

"那么我认为可以肯定地说您的猜想是没有可能的了。"

"但是那个梦，你这个骗子，那个梦。"

"这个梦确实不同寻常。"波洛陷入沉思，停了一下才继续说道，"我想看看梦里的场景——那张桌子、钟，以及左轮手枪。"

"当然可以，我带你去隔壁。"

老人整了整身上的睡衣，从椅子上站起身，但似乎又突然想到了什么，他又坐了下来。

"不。"他说，"那里没什么可看的。我已经把所有的一切都告诉你了。"

"但我想亲自看一看——"

"没有这个必要。"法利打断了对方的话，"你已经说了你的意见，这样就够了。"

波洛耸了耸肩。"如您所愿。"他站起身来，"对不起法利先生，看来我没什么能帮您的了。"

本尼迪克特·法利盯着他。

"我不喜欢周围有人耍花招。"他咆哮道，"我告诉了你发生了什么，你却无法从中得出任何结论。这件事就这样了。你把这次咨询费的单子寄给我吧。"

"我不会忘记的。"侦探口气冷淡地说道，向门口走去。

"等一下。"百万富翁把他叫了回来，"那封信——我需要它。"

"您秘书写的信？"

"是的。"

波洛抬了抬眉毛，他把手伸进口袋，抽出一张折叠起来的纸，把它递给了老人。对方仔细地看了一眼，将它放在身旁的桌上，点了点头。

赫尔克里·波洛又一次走向大门。他有些困惑，一遍又一遍地思考着刚才所听到的故事，这份全神贯注中似乎有什么事情不对，让他很恼火。是关于他自己的事情——而不是关于本尼迪克特·法利的。

当他把手放在门把手上时，他终于想清楚了。他，赫尔克里·波洛，犯了一个错误！他再次走进了屋子。

"非常抱歉！因为我对您的事情很感兴趣，导致我犯下了一个愚蠢的错误！我递给您的信——我把手伸进了右边口袋，而不是左边——"

"怎么了？这有什么问题？"

"我刚刚给您的信——是洗熨衣服的女工因没有处理好衣服的领口而发来的道歉信。"波洛抱歉地笑着，他把手伸进了左边口袋，"这是您的信。"

本尼迪克特·法利伸手把信抢了过来，不满地嘟囔道："你做事怎么可以这么不小心！"

波洛收回洗衣女工的信，又一次大方地道了歉后离开了房间。

他在楼梯平台上停了一会儿。平台很宽敞，波洛面前是一把橡木靠背椅和一张长餐桌，桌上放着一些杂志。旁边还有两把扶手椅和一张摆着花的小桌子。这让他想起了牙医诊所的等候室。

管家在楼下的大堂等他。

"需要我为您叫辆出租车吗，先生？"

"不用了，谢谢。今晚天气很好，我想走走。"

赫尔克里·波洛在人行道上等了一会儿，待车流过去了一拨，才穿过马路。

他皱起了眉头。

"不。"他自言自语道，"我完全不明白，这一切都说不通。我必须非常遗憾地承认，我，赫尔克里·波洛，尝到了挫败。"

这个故事大概可以称为一出戏的第一幕。而第二幕在一周后上演了。由一位叫约翰·斯蒂林弗特的医学博士打来的一通电话拉开了幕布。

这位医学博士用一种异常缺乏医学专家礼仪的方式说道："波洛，老伙计，是你吧？我是斯蒂林弗特。"

"是的，我的朋友。怎么了？"

"我现在正在诺思韦大宅——本尼迪克特·法利的房子。"

"啊，是吗？"波洛迅速回答道，表现得很感兴趣，"法利先生怎么了？"

"法利死了。今天下午开枪自杀了。"

波洛顿了一下，接着说："哦……"

"你好像并不惊讶。老伙计，你是不是知道些什么？"

"为什么你会这么想？"

"嗯，这不需要什么高明的推理或者心灵感应或者类似的东西。我们在法利这儿发现了他写给你的一封信，大约一周前他约见了你。"

"原来如此。"

"我们这儿有一位公事公办的督察——你知道的，遇到百万富翁自杀的案子，你就必须小心。你那儿有什么信息可提供吗？如果有的话，你能过来一趟吗？"

"我马上就到。"

"好样的，老家伙。他让你在街头做什么见不得人的工作了，嗯？"

对此，波洛只是重复了一遍他会马上出发。

"不想在电话里谈？很明智。一会儿见。"

十五分钟后，波洛坐在诺思韦大宅的书房里，这是个低矮的长条状房间，位于一楼最里面。房间里已经有五个人了：巴尼特督察、斯蒂林弗特医生、法利太太——百万富翁的遗孀、乔安娜·法利——他的独女，以及雨果·康沃西——他的私人秘书。

巴尼特督察是一名一脸小心、长得像军人的男子。斯蒂林弗特医生是一位长脸的高个子年轻人，大概三十岁，他表现得很专业，和电话里的风格完全不同。法利太太显然比她的丈夫年轻很多，她长相俊俏、有着深色头发，嘴巴闭得很紧，黑色的眼睛里看不出任何情绪，看上去非常冷静。乔安娜·法利有着一头金发，脸上很多雀斑。高挺的鼻子和翘起的下巴显然遗传自她的父亲，眼睛看上去聪明机灵。雨果·康沃西是一个长相英俊的年轻人，穿着得体，看上去聪明精干。

彼此问候与介绍之后，波洛简单清晰地叙述了之前的那次拜访，以及本尼迪克特·法利那天讲的事情。他的叙述绘声绘色。

"这是我听过的最神奇的事情！"督察说，"梦，嗯？法利太太，您知道这件事吗？"

她微微低下头。

"我丈夫跟我提起过，这件事令他非常不安。我——我告诉他这只是消化不良——您知道，他的饮食很独特——并且建议他打电话给斯蒂林弗特医生。"

年轻人摇了摇头。

"他没有来咨询我。刚听了波洛先生所说的，我猜他应该是去了哈利街。"

"我想听听您对这件事的看法，医生。"波洛说，"法利先生告诉我他咨询了三位专家。你怎么看待他们提出的猜想？"

斯蒂林弗特皱了皱眉。

"很难说。必须考虑到法利先生对你说的可能并不是医生的

219

原话，而是一个门外汉的理解。"

"你的意思是他没说对术语？"

"不完全是。我的意思是，医生们会用专业术语来跟他解释，而他的理解可能会有些偏差，然后他又以自己的方式复述了一遍。"

"所以他告诉我的并不是医生的原意。"

"相当于是这样的。他可能只是搞错了一点点，如果你明白我的意思的话。"

波洛思索着点了点头。"知道他去咨询了哪位医生吗？"他问。

法利太太摇了摇头，乔安娜·法利答道："我们都不知道他去咨询了别人。"

"他是否跟你提过他的梦？"波洛问。

女孩摇了摇头。

"你呢，康沃西先生？"

"没有，他什么都没说。我按照他的口授内容给您写了一封信，但我并不知道他为什么要咨询您。我以为是生意上的事。"

波洛说道："现在我们聊聊和法利先生的死亡有关的事吧。"

巴尼特督察用询问的眼光看了看法利太太和斯蒂林弗特医生，然后决定由自己来叙述。

"法利先生每天下午都会在二楼他自己的房间里工作。我了解到未来他即将进行一次重大的合并。"

他看着雨果·康沃西，对方说："与统一公交的合并。"

"因为此事，"巴尼特督察继续说道，"法利先生同意接受两家媒体的采访。他极少做这类事情——据我了解，他大约五年才接受一次采访。两位记者分别来自联合新闻集团和统一报社，他们按照约定，于下午三点十五分到达，然后在二楼法利先生的房间门外等着——和法利先生有约的一般都在那里等候。下午三点二十分，一位统一公交的信使带着一份紧急文件抵达，马上被带进法利先生的房间，法利先生送他到门口时对两位媒体人说：'先生们，很抱歉让你们等了这么久，但我有些紧急事务要处理，我会尽快处理完的。'

"这两位先生，亚当先生和斯托达特先生向法利先生保证，他们会等到他方便的时候。于是法利先生走回自己的房间，关上房门——自此之后就再没有人见到过活着的他了！"

"请继续。"波洛说。

"下午四点刚过，"督察继续道，"康沃西先生从他的房间里出来，他的房间就在法利先生的房间隔壁。他看见两位记者还在门口等候，十分吃惊。他此时正需要请法利先生签署一些文件，并认为自己最好提醒一下法利先生，这两位先生还在等他。于是，他走进了法利先生的房间，却惊讶地发现并没能一眼就看见法利先生。他以为房间里没人，然后注意到从摆在窗户前面的桌子后方伸出来一只靴子。他迅速地走过去，发现法利先生躺在地上，死了，身边摆着一把左轮手枪。

"康沃西先生急忙跑出房间，叫管家给斯蒂林弗特医生打电话。在对方的提醒下，康沃西先生通知了警方。"

"有人听到枪声吗？"波洛问。

"没有。房子临街，当时落地窗是开着的，来往车辆的声音很嘈杂。卡车和摩托车的喇叭声很可能盖过枪声。"

波洛沉思着点了点头，又问："死亡时间是？"

斯蒂林弗特说："我一到这里就查验了尸体——当时是四点三十二分。法利先生已至少死亡一个小时。"

波洛的脸色非常凝重。

"那么，这么看来，他很可能就是那时死的，在他跟我提到的那个时间——三点二十八分。"

"正是如此。"斯蒂林弗特说。

"在左轮手枪上发现指纹了吗？"

"嗯，他自己的。"

"那把左轮手枪是谁的？"

督察接上了话头。

"是他放在书桌右边第二个抽屉里的那把，正如他告诉你的那样。法利太太已经确认过了。此外，您也知道，那个房间只有一个出入口，就是对着楼梯平台的那扇门。两位记者一直坐在门对面，他们发誓法利先生跟他们说过话之后，到康沃西先生四点多进入房间，中间没有任何人进出。"

"因此，所有证据都表明法利先生是自杀的。"

巴尼特督察笑了一下。

"除了一点之外。"

"那一点是？"

"写给你的信。"

波洛也笑了。

"我明白了！只要跟赫尔克里·波洛有关，立刻就有了谋杀的嫌疑！"

"正是如此。"督察冷冷地说，"然而，在你说明了情况之后——"

波洛打断了他。"等一下，"他转向法利太太，"您的丈夫曾被催眠过吗？"

"从来没有。"

"他研究过催眠的问题吗？他是否对这个话题很感兴趣？"

她摇了摇头。"我不这么认为。"

突然，她的自控力似乎崩溃了。"多么可怕的梦！令人毛骨悚然！他应该是夜复一夜地梦到这一切……然后……就好像……被这个梦纠缠致死了一样！"

波洛记起本尼迪克特·法利说过的，"我动手做了我真正想做的事情。我自杀了"。

他问："您曾感觉到您的丈夫想自杀吗？"

"没有……不过……有时他确实很奇怪……"

乔安娜·法利插嘴进来，吐字清晰，语气带着嘲讽。

"父亲绝对不会自杀的。他对自己非常爱惜。"

斯蒂林弗特医生说："要知道，法利小姐，真正自杀的往往不是那些常常说自己要自杀的人。这就是为什么有些自杀看起来莫名其妙。"

波洛站起身来，问道："我能去看一看悲剧发生的那个房间吗？"

"当然。斯蒂林弗特医生——"

医生陪同波洛走上楼去。

本尼迪克特·法利的房间比隔壁秘书的房间要大得多。装修奢华，有皮革包裹的大扶手椅、厚厚的地毯，以及一张硕大而华丽的书桌。

波洛走到书桌后面，发现窗前的地毯上有一块深色的污渍。他记起这位百万富翁说过的话。"三点二十八分，我打开书桌右手边的第二个抽屉，拿出放在那里的左轮手枪，装上子弹，走到窗边，然后……然后……然后我对自己开了枪……"

他缓缓地点了点头，说："当时窗户是像现在这样开着的吗？"

"是的。但没人能从这里进来。"

波洛探出头去。没有窗框、没有栏杆，附近也没有管道。连只猫都无法从这里跳进房间来。对面是工厂的一面墙，墙上没有窗户。

斯蒂林弗特说："作为一个有钱人，选择这么一个房间作为私人房间可真是有趣。看看窗外，像坐在监狱里望着外面的高墙一样。"

"确实。"波洛应道。他把头收了进来，盯着窗外那面结实的砖墙，说："我觉得那面墙很重要。"

斯蒂林弗特好奇地看着他："你是指……心理层面上？"

波洛走到了桌边，看似随意地拿起一只懒人伸缩钳。他试着按了一下手柄，钳子弹了出去。波洛用它小心地捡起几米之外，一根落在椅子边的烧过的火柴梗，扔进了废纸篓。

"你打算玩多久……"斯蒂林弗特焦躁地说。

赫尔克里·波洛喃喃道："真是别出心裁的发明。"他将钳子整齐地放回到书桌上，然后问道，"死者死亡时，法利太太和法利小姐在哪里？"

"法利太太在她的房间里休息，就在上面一层。法利小姐在位于顶层的工作室里画画。"

赫尔克里·波洛用手指随意地敲着桌子，一两分钟之后，他说："我想见一下法利小姐。你能帮我去请她过来吗，只占用她一两分钟？"

"如您所愿。"

斯蒂林弗特好奇地看了波洛一眼，然后离开了房间。片刻之后，门开了，乔安娜·法利走了进来。

"小姐，我想问你几个问题，可以吗？"

她冷冷地迎上侦探的视线，说道："请随意问。"

"你是否知道，你父亲在书桌里放了一把左轮手枪？"

"不知道。"

"你和你的母亲——应该说是你的继母，对吧？"

"是的，露易丝是我父亲的第二任妻子，她只比我大八岁。你想问的是？"

"上周四，你和她在哪儿？我是说上周四的晚上。"

她思考了一会儿。

"星期四？让我想想。哦，是的，我们去剧院了，看了《小狗欢笑》。"

"你父亲没有和你们一起去吗？"

"他从来不去剧院。"

"他晚上一般都做些什么？"

"坐在这里看书。"

"他不太喜欢社交？"

姑娘直视着侦探，说："我的父亲，性格非常差劲。和他生活在一起或是关系亲近的人中，没有一个喜欢他的。"

"小姐，你说得非常直白。"

"我在为您节省时间，波洛先生。我很清楚您在想什么。我继母是为了钱和他结婚的，而我住在这里是因为我没有钱去其他地方住。我有一个结婚对象——一个贫穷的男人。我父亲插手我们的事，让他丢了工作。您知道，他希望我嫁得好一点——我是他的继承人，随随便便就能嫁得很好！"

"你父亲的财产全都传给了你？"

"是的。他留给我的继母露易丝二十五万镑免税遗产，还有其他一些遗赠，然后剩下的都留给了我。"她突然笑了起来，"因此您看，波洛先生，我有充足的理由希望父亲死掉！"

"我看得出，小姐，你继承了你父亲的智慧。"

她若有所思地说："父亲是个聪明人……从他的身上可以感受到力量——一种驱动力。但这让他变了……变得尖酸刻薄……没有什么人性了……"

赫尔克里·波洛柔声说道："天哪，我是多么愚蠢啊……"

乔安娜·法利准备离开了。

"您还有什么事吗？"

"还有两个小问题。这个钳子，"他拿起伸缩钳，"一直放在桌子上吗？"

"是的，父亲用它来捡东西。他不喜欢弯腰。"

"另一个问题是，你父亲的视力好吗？"

姑娘盯着侦探。

"哦，不——他几乎什么都看不清……我的意思是如果不戴眼镜的话。他很小的时候视力就不好了。"

"戴着眼镜呢？"

"哦，那就看得清了，这是自然。"

"可以无障碍地阅读报纸和印刷品？"

"哦，是的。"

"我没有问题了，小姐。"

她走出了房间。

波洛喃喃道："我真是愚蠢。它就在那儿，一直都在，就在我的眼皮底下。正是因为太近了，我竟没有看出来。"

他再一次探出窗户。窗户下面，房子和厂房之间的小路上，有一个小小的黑色物体。

赫尔克里·波洛满意地点了点头，下了楼。

其他人还在书房里。波洛对秘书说："康沃西先生，我想请你详细地描述一遍法利先生召唤你去写给我的邀请信时的情形。比如，法利先生是什么时候口述那封信的？"

"星期三下午——我记得是五点半。"

"关于如何寄这封信，他有没有什么指示？"

"他叫我亲自去寄。"

"你这么做了吗？"

"是的。"

"对于如何接待我，他有没有给管家具体的指示？"

"是的。他让我告诉霍姆斯——管家叫霍姆斯，一位先生会在九点半到访。他要询问这位先生的名字，并要求对方出示邀请信。"

"很特别的防范措施，你不觉得吗？"

康沃西耸了耸肩。

"法利先生，"他谨慎地说，"是个特别的人。"

"他还有什么其他指示吗？"

"嗯。他让我那天晚上放假。"

"你照做了吗？"

"是的，晚饭后我就去看电影了。"

"你是什么时候回来的？"

"十一点十五分，我自己开门进来的。"

"你那天晚上还见过法利先生吗？"

"没有。"

"他第二天有没有提起这件事？"

"没有。"

波洛停了一下，接着说："我来访时没有被带到法利先生的房间。"

"是的。他告诉我他会叫霍姆斯带您到我的房间。"

"为什么要这么做？你知道吗？"

康沃西摇了摇头。"我从来不会去问法利先生为何这样吩咐，"他语气冷淡地说，"如果我问了，他会生气的。"

"他通常都在自己的房间接待访客吗？"

"通常是的，但也不总是如此。有时他也会在我的房间见他们。"

"这么做有什么原因吗？"

雨果·康沃西想了一会儿。

"不，我不认为有什么原因——我从来没有认真考虑过这个问题。"

波洛转向法利太太，问道："能否传唤您的管家来一下？"

"当然，波洛先生。"

霍姆斯先生精确而礼貌地回应了铃声。

"您叫我，太太？"

法利太太指了指波洛，霍姆斯礼貌地转向波洛。

"先生？"

"霍姆斯，你的主人是如何吩咐你在星期四晚上接待我的？"

霍姆斯清了清喉咙，然后说："晚饭之后，康沃西先生告诉我法利先生约了一位叫作赫尔克里·波洛的先生，九点半到。到时我必须确认这位先生的名字，并且要看一眼邀请信，然后再把他带到康沃西先生的房间。"

"你被吩咐进门前先敲门了吗？"

管家的脸上闪过了一丝厌恶的神情。

"这是法利先生的习惯之一。带访客过去时都要敲门，比如生意上的客人。"他补充道。

"啊，这一点之前让我很困惑！还有其他与我有关的指示吗？"

"没有了，先生。康沃西先生向我转达了这些吩咐后就出门了。"

"那是什么时候？"

"八点五十分，先生。"

"那之后你还见过法利先生吗？"

"见过，先生。我按照惯例晚上九点时给他端了一杯热水。"

"他当时在他自己的房间还是在康沃西先生的房间？"

"他在他自己的房间，先生。"

"房间里有什么地方与平时不一样吗？"

"不一样的地方？没有，先生。"

"当时法利太太和法利小姐在哪里？"

"他们去剧院了，先生。"

"谢谢了，霍姆斯，就这些问题。"

霍姆斯鞠了个躬，离开了房间。波洛转向百万富翁的遗孀。

"我还有一个问题，法利太太。您丈夫视力好吗？"

"不好，他必须戴眼镜。"

"他近视得很厉害？"

"哦是的，没有眼镜的话会相当无助。"

"他是不是有好几副眼镜？"

"是的。"

"啊。"波洛向后靠了一下，"我想这个案子可以了结了……"

屋子里一片安静。大家都看着这个小个子男人坐在那儿得意地摸着他的胡须。督察一脸迷茫，斯蒂林弗特皱着眉头，康沃西面无表情，法利太太震惊地凝视着虚空，乔安娜·法利有些急切。

法利太太打破了沉默。

"我不明白，波洛先生。"她的声音有些焦躁，"那个梦——"

"当然。"波洛说，"那个梦很重要。"

法利太太打了个寒战。她说："我以前从来没相信过什么超自然的事情——但是现在……在事前夜复一夜地做着那个梦……"

"这真的非常特别。"斯蒂林弗特说，"非常特别！要不是你告诉我们，波洛先生，而且是直接从马嘴中听到[①]——"他尴尬地咳嗽了一声，重新换上了专业的态度，"不好意思，法利太太，因为法利先生没对您说过这个故事……"

"正是如此。"波洛说道。他半闭的眼睛突然睁开了，闪着碧绿色的幽光。"本尼迪克特·法利把这件事告诉了我……"

他停了一下，看了看大家迷茫的脸。

"事实上，那天晚上发生的某些事情让我觉得很难解释。首先，为什么特意嘱咐让我带着信来呢？"

"身份证明。"康沃西说道。

"不、不，我亲爱的年轻人，这个想法太荒谬了。一定有更实际的原因。因为法利先生不仅要求我拿出那封信，他还明确地要求我离开时把那封信留在这儿。更重要的是，之后他并没有毁掉它！今天下午警方在他的文件中发现了这封信。那他为什么要保留着它？"

---

①原文为"straight from the horse's mouth"，意思是从当事人口中得知。

乔安娜·法利的声音插了进来。"他希望，如果发生了什么事，那么他做的那个奇怪的梦会被人知道。"

波洛赞赏地点了点头。

"您很机灵，小姐。这是保留这封信的唯一理由。一旦法利先生死了，就会有人说出那个奇怪的梦！那个梦很重要。那个梦，小姐，是最关键的！"

"现在，"他继续说道，"我要说第二点。听完他的故事后，我让法利先生带我去看看那张桌子和左轮手枪，他都准备站起来这么做了，又突然拒绝了我。他为什么要拒绝呢？"

这一次，没有人提出答案。

"我换一个方式问这个问题。隔壁房间有什么东西是法利先生不想让我看到的呢？"

还是一片沉默。

"是的。"波洛说，"这个问题很难回答。那么，是出于什么原因——肯定是非常紧急的原因——让法利先生决定在秘书的房间里会见我，并且毫无理由地拒绝带我到他自己的房间？那个房间里肯定有什么他不能让我看到的东西。

"接下来是那晚发生的第三件无法解释的事情。我准备离开的时候法利先生问我要他写给我的信，我一时疏忽，把洗衣女工给我写的纸条交给他了。他看了一眼，便放在手边。离开房间之前我发现了自己的错误，并马上前去纠正！之后我就离开了，我必须承认，离开之后我完全不知所措！这整件事，尤其是这最后一件事，在我看来完全无法解释。"

他巡视了一圈屋子里的每一个人。

"你们还没明白吗？"

斯蒂林弗特说："我确实没听明白这件事和你的洗衣女工有

231

什么关系，波洛。"

"我的洗衣女工非常重要。"波洛说，"那位可怜的女士毁了我的领子，却在她的一生中第一次对他人有所帮助。你们应该能明白吧——这很明显。法利先生看了一眼那封信——只要看一眼就能知道拿错了，但他却没发现。为什么？因为他看不清！"

巴尼特督察厉声说道："他当时没戴眼镜吗？"

赫尔克里·波洛笑了起来。"恰恰相反。"他说，"他戴着眼镜。这才使得这件事非常有趣。"

他往前探了探身子。

"法利先生的梦很重要。你们看，他梦到自己自杀了，然后不久之后，他真的自杀了。或者说他独自一人在房间里，然后被发现死在里面，身边有把左轮手枪，没有人在他自杀的那段时间进出过那个房间。这意味着什么？这意味着他必然是自杀的，不是吗？"

"是的。"斯蒂林弗特说。

赫尔克里·波洛摇了摇头。

"正好相反。"他说，"这是谋杀。一场独特的、精心策划的谋杀。"

他又一次往前探了探身体，指头敲打着桌面，绿色的眼睛闪闪发光。

"为什么法利先生那晚不允许我到他自己的房间去？那里有什么我不能看到的东西？我想，我的朋友们，那就是——本尼迪克特·法利本人！"

他冲着周围几张茫然的脸露出微笑。

"是的、是的，我所说的听上去像是胡说八道。为什么跟我说话的法利先生无法区分两封完全不同的信？因为，我的朋友们，他是一个视力正常的人，却戴着一副度数很深的眼镜，这么做会使正常视力的人几乎变瞎。我说得对吗，医生？"

斯蒂林弗特喃喃道："是的——当然。"

"为什么我和法利先生说话时会觉得他像个骗子，像一个演员在表演？想想房间里的布置。光线昏暗，罩着绿色罩子的灯特意转开不照向坐在椅子上的人。我看到了什么？著名的拼布睡衣、鹰钩鼻——用鼻油灰弄的假鼻子，头顶一撮白色的头发，一副高度数眼镜遮住了眼睛。有什么证据能证明法利先生曾经做过那个梦呢？只有他告诉我的故事以及法利太太的话。有什么证据能证明本尼迪克特·法利一直在他的抽屉里放着一把左轮手枪呢？还是只有他告诉我的故事以及法利太太的话。两个人完成了这个骗局——法利太太和雨果·康沃西。康沃西给我写了信，给管家下达指示，然后假装去了电影院，其实立刻用自己的钥匙回到屋里，走回自己的房间，化了装，假扮成本尼迪克特·法利。

"然后到了今天下午，康沃西先生等待的机会来临了。楼梯平台上有两个证人，能证明没有人进出过本尼迪克特·法利的房间。康沃西等着有一大队车辆即将经过窗外的马路时，探身到窗外，用从隔壁房间偷来的伸缩钳夹着一个东西放到隔壁房间的窗边，等本尼迪克特·法利走到窗前查看时，康沃西已收回了钳子。法利探头出去、车辆正好开过，康沃西便用准备好的左轮手枪射杀了他。那扇窗对面是一堵墙，不会有人目击这场谋杀。康沃西等了半个多小时，然后拿起一些文件，把伸缩钳和左轮手枪藏在里面，先走到平台，再走进隔壁法利先生的房间。他把钳子放回桌上，在左轮手枪上按上死者的指纹之后放在他身边，然后一边喊着'法利先生自杀了'一边匆匆跑了出来。

"他故意把信放在会被人发现的地方，这样我就会到这里来，叙述我所听到的故事——我是听法利先生亲口说的，他那个奇特的'梦'，他所感受到的奇怪的自杀冲动！一些容易上当的人自然会讨论他被催眠的可能性，但只要能确认握着那把左轮手枪的毫无疑问是本尼迪克特·法利自己，就行了。"

赫尔克里·波洛看着寡妇——他满意地在她的脸上发现了沮丧、苍白和恐惧……

"之后，在适当的时候，"他温和地结束了他的发言，"美满幸福的结局就会来临。二十五万英镑和两颗贴在一起的心……"

2

约翰·斯蒂林弗特医生和赫尔克里·波洛并肩绕着诺思韦大宅散步。他们的右边是工厂高耸的墙，头顶右上方是本尼迪克特·法利的房间和雨果·康沃西房间的窗户。赫尔克里·波洛停住脚步，捡起了一个小物件——一只黑色的猫咪摆件。

"瞧，"他说，"这就是康沃西用伸缩钳夹着放到法利窗外的东西。你还记得吗，他很讨厌猫，不难想象他看到后马上跑到了窗前。"

"为什么康沃西不出来把它捡回去？"

"他怎么会做这种事呢？这么做必然会引起怀疑。而且就算这个东西被发现，也没什么的，大家会认为有个小孩在附近游荡，不小心掉下的。"

"是的，"斯蒂林弗特叹了口气，"一般人可能会这么认为，但老赫尔克里可不会这么想！你知道吗，老伙计，到了最后一刻，我还以为你要引导大家相信这是一起由巧妙夸张的'心理暗示'引发的谋杀呢。我敢打赌那两个人也是这么认为的！卑鄙的家伙，那个法利太太。天哪，她完全崩溃了！如果她没有歇斯底里地试图用指甲狠狠地抓你的脸的话，康沃西很可能逃脱罪名。多亏我及时把她从你身上拽走了。"

他顿了一下，然后说："我挺喜欢那个女孩的。隐忍，你知道的，而且有脑子。我想如果我去追求她的话，可能会被当成一个瞄准她的财产的小白脸？"

"你太迟了，我的朋友。早就有人在那里了。她父亲的死为她的个人幸福铺平了道路。"

"这么看来，她也有充足的动机杀掉她那令人不快的家长。"

"只有动机和机会是不够的。"波洛说，"还必须要有成为罪犯的秉性！"

"我在想，你会不会犯罪，波洛？"斯蒂林弗特说，"我敢打赌你可以逃过惩罚。事实上，这对于你来说太容易了。我的意思是，案件一定会不了了之，这样的较量太不公平了。"

波洛说："这真是个典型的英国式的想法。"

图书在版编目（CIP）数据

雪地上的女尸／（英）阿加莎·克里斯蒂著；林安颖译．--2版．--北京：新星出
版社，2022.7
ISBN 978-7-5133-3947-6

Ⅰ.①雪… Ⅱ.①阿… ②林… Ⅲ.①侦探小说-英国-现代 Ⅳ.① I561.45

中国版本图书馆CIP数据核字（2022）第091689号

午夜文库
谢刚 主持

雪地上的女尸

[英]阿加莎·克里斯蒂 著；林安颖 译

责任编辑：曹晓雅　　　　　　　　**统筹编辑**：王　欢
特约编辑：赵笑笑　　　　　　　　**责任校对**：刘　义
责任印制：李珊珊　　　　　　　　**封面插图**：宣　和
装帧设计：周伟伟

出版发行：新星出版社
出 版 人：马汝军
社　　址：北京市西城区车公庄大街丙3号楼　　　100044
网　　址：www.newstarpress.com
电　　话：010-88310888
传　　真：010-65270449
法律顾问：北京市岳成律师事务所

读者服务：010-88310800　　　service@newstarpress.com
邮购地址：北京市西城区车公庄大街丙3号楼　　　100044

印　　刷：北京美图印务有限公司
开　　本：910mm×1230mm　　　1/32
印　　张：8
字　　数：116千字
版　　次：2022年7月第二版　　　2022年7月第一次印刷
书　　号：ISBN 978-7-5133-3947-6
定　　价：42.00元